KB058906

마음껏 황홀해하라고!
내 수영복 모습에!

카논 / 히도리 카논
'밀피유 스타즈'의 활기 담당. 츤데레처럼 보이지만
솔직하다. 레이나 미아에게 휘둘리곤 하지만,
그만큼 두 사람에게도 신뢰받고 있다.

2

키시모토 카즈하

일러스트 미와베 사쿠라

평생 일하고 싶지 않은
내가, 같은 반
인기 아이돌의
눈에 들면

국민적
미소녀와
**여름의
추억**

을 만들게 되었습니다.

일러스트 — 미와베 사쿠라

CONTENTS

일러스트/미와베 사쿠라
I don't want to work for the rest of my life,
but my classmates' popular idol get familiar with me.

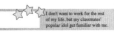

종소리가 울린다.

나는 사우나처럼 후덥지근한 체육관의 열기에서 조금이라도 벗어나기 위해 와이셔츠를 펄럭거렸다.

남자 고등학생, 시도 린타로의 두 번째 여름.

평균기온이 작년보다 높다는 예상이 뜬 시점에서 가을이 올 때까지 살아남을 수 있을지 불안해졌다.

"덥지, 린타로."

"그래…… 덥다, 유키오."

내 옆에 선 이나바 유키오와 그런 영양가 없는 대화를 주고받았다.

왜 우리가 체육관에 있냐면, 오늘이 종업식이기 때문이다.

이미 전교생이 무대를 앞에 두고 규칙적으로 줄을 서 있으니 쭈욱 올라간 인구밀도로 인해 체감온도는 실제 측정되는 온도보다 더 높아졌을 것이다.

그래도 내일부터 여름방학이라고 생각하면 견딜 수 있다.

매정하게 쏟아진 여름방학 숙제가 얼마나 많든 약 40일이라는 긴 휴일과 비교하면 사소한 문제다.

뭐, 결국은 거의 모든 학생이 8월 하순에 고통받게 되겠지.

참고로 나는 숙제를 미리 끝내놓는 타입이다.

이런 걸 보고 흔히 성실하다는 둥 모범생이라는 둥 하지만, 솔직히 말해서 할 일이 없는 것뿐이다.

작년 여름엔 특히 심각해서, 유즈키 선생님에게 가서 아르바이트를 하거나, 공부하거나, 유키오와 밥 먹거나 하는 게 다였다.

친구와 놀 수 있다는 것만으로도 축복이라고 생각은 하지만, 여름방학 후반에 들어가자 유키오와 그 가족이 해외여행에 가 버려서 정말로 아르바이트 말고는 할 일이 없었다.

거기에 불만이 있었던 건 아니지만, 몇 번 정도 이걸로 괜찮은 거냐고 자문자답했었다는 것만은 고백해둔다.

──문득 우리 반에 소속된 인기 아이돌에게 시선을 던져 보았다.

오토사키 레이라는 이름의 대스타는 이 열기 속에서조차 태연한 얼굴로 서 있었다.

역시 아이돌. 본래 표정 변화가 빈약한 것도 있지만, 녹초가 된 모습조차 주변에 보여주지 않는다.

내 시선을 알아차린 건지 곁눈질로 이쪽을 보는 그녀와 눈이 마주쳤다.

그 순간 레이의 얼굴이 풀어지며 참으로 사랑스러운 미소를 지었다.

최근 들어 그녀가 짓게 된, 온갖 팬을 심쿵사시키는 살인미소다.

물론 나는 이제 동요하지 않는다.

왜냐하면, 지난번 라이브에서 그 상위호환 버전을 화면 너머가 아닌 실물로 체감했기 때문이다.

『음, 그럼 교장 선생님의 인사입니다.』

마이크를 통한 교사의 목소리가 울려 퍼지자 무대 중앙에 초로의 교장 선생님이 나타났다.

교장 선생님의 훈화 말씀이라고 하면 보통 길다는 인식이 자자하지만, 우리 교장 선생님도 예외가 아니다.

1학기에 있었던 행사 등을 쭉 훑으면서 여름방학을 보내는 방법에 대해 잔소리한다.

딱히 교장 선생님이 하는 말이 틀린 건 아니지만, 이 자리에서는 반감을 크게 샀다.

아무래도 기온이 이 모양이다 보니 다들 1초라도 빨리 여기서 벗어나고 싶은 거다.

『──이것으로 종업식을 마칩니다.』

다들 영혼이 나간 상태로 버티고 있었더니 교사의 안내 멘트와 함께 간신히 해방되었다.

이젠 성적표를 받고 몇 가지 연락사항을 들으면 오늘은 끝.

'……좋아.'

나는 성적표를 보고 안도의 숨을 내쉬었다.

우리 학교는 5단계 평가로 성적을 매기는데, 당연하게도 5가 가장 좋은 평가다.

내 성적은 비교적 5가 많고, 다음으로 4가 눈에 띈다.

좋은 성적이라고 해도 되겠지. 작년부터 노력을 거듭해온 보람이 있다.

"린타로, 성적 어땠어?"

교실에서 내 앞자리인 린타로가 몸을 돌려 물어보았다.

"응? 아, 작년보다 올라갔어. 유키오는?"

"나는 작년과 비슷해. 별로 안 변했어."

"너는 원래 성적이 좋으니까."

"하하하, 체육 말고는⋯⋯."

"뭐, 이 시기엔 어쩔 수 없지. 2학기에 만회하면 돼."

유키오의 성적은 전교생 중에서도 상당히 상위권이다.

하지만 그건 두뇌 계열 한정인지 1학기 체육 성적만큼은 아무리 해도 2밖에 못 받는다.

그건 6월부터 시작하는 수영 수업이 원인이라고 한다.

들어보니 염소와 피부의 상성이 나빠서 애초에 참가를 못 한다나.

참가하지 못하는 학생에게 좋은 성적을 줄 수도 없으니 학교 쪽과 유키오 쌍방이 합의해서 최소한의 성적을 받기로 되어있다고 했다.

이것만큼은 어쩔 수 없다.

"하지만 이번에 참 열심히 했네, 린타로. 입학했을 때도 딱히 나쁜 건 아니었지만. 역시 좋은 대학을 노리는 거야?"

"⋯⋯뭐, 일단 **그것도 조건이니까.**"

아버지에게서 독립할 때 나는 두 개의 조건을 받았다.

하나는 고등학교에서 좋은 성적을 유지할 것.

그리고 다른 하나가 일정 편차치 이상의 대학에 합격할 것.

아버지는 시도 그룹의 이름을 더럽히지 않을 최소한의 학력을 보유하길 원하는 모양이었다.

직접 그런 말을 들은 건 아니지만, 이런 조건을 제시하는 걸 보면 어차피 그런 꿍꿍이일 게 뻔하다.

결국 나는 아직 미성년자다. 그런 어른의 생각에 어느 정도 따르지 않으면 살아갈 수 없다.

아무튼 장래 아버지 밑에서 영문을 알 수 없는 경영학이네 뭐네 하는 지식을 주입 당하는 것보다는 낫다.

"가능하면 대학도 린타로와 같은 곳에 가고 싶어."

"한심한 소리지만 아무리 그래도 네가 갈만한 수준의 대학엔 못 가."

"그때는 내가 맞출 테니까 괜찮아. 편차치가 높은 곳에 혼자 가 봤자 아마 스트레스가 쌓일 뿐이니까."

그건 확실히 그럴지도 모른다.

역시 무슨 일이든 적성에 맞는 걸 고르는 게 좋다.

"그럼 둘이서 또 열심히 하기로 하고, 오늘은 어떻게 할래? 일단 나는 한가한데 숙제라도 하러 갈까?"

"좋네. 문제집 종류부터 빠르게 끝내버릴까."

오늘 오후는 레이도 일하러 가서 없으니 유키오를 집에 초대해도 괜찮을지도 모른다.

가끔은 그 녀석들 말고 다른 사람을 위해 밥을 차릴까──.

"아, 미안. 가기 전에 도서관에 책 돌려주러 가야 해. 먼저 가 줄래?"

"어, 알았어. 신발장 앞에서 기다리마."

가방을 어깨에 메고 유키오를 남겨둔 채 그대로 현관으로 향했다.

실내라고 해도 역시 불쾌한 습기가 피부에 달라붙는 듯한 감각이 난다. 이 습기만 어떻게든 하면 여름도 조금은 쾌적해질 텐데.

"——저, 저기!"

신발장에 기대어 멍하니 스마트폰을 바라보고 있었더니 별안간 낯선 여학생의 목소리가 들렸다.

고개를 들어도 주변에 사람은 없다.

아무래도 지금 기대고 있는 신발장 건너편에 있는 것 같은데, 애초에 이 목소리는 나를 향한 말도 아니었던 모양이다.

"나와 사귀어 줘!"

숨이 헉 막혔다.

설마 이런 장소에서 고백 라이브를 듣게 될 줄은 생각지도 못했다.

아마 내가 있다는 건 눈치채지 못했겠지.

공연히 움직였다간 민망하게 만들어버릴지도 모르니까 여기선 일단 기척을 죽였다.

지금 고백해서 성공하면 여름방학은 애인과 함께 보내는 최고의 시간이 될 것이다.

타이밍만 보면 괜찮은 선택이다.

기왕 하는 거 성공했으면 좋겠다고 생각하며 나는 기도하듯 눈을 감았다.

"——미안해, 좋아하는 사람이 있거든."

잠깐만.

여학생 쪽은 낯선 목소리였지만, 이 남자 쪽은 익숙한데.

대단한 인기를 누리는 퍼펙트맨이자 미남, 카키하라 유스케.

고백 장면을 마주치는 일도 드물지만 거기에 아는 사람이 엮여 있을 줄은 생각지도 못했다.

"그, 그렇구나……. 미안해. 갑자기 이런 말을."

"사과하지 마. 마음은 무척 기뻤으니까."

여학생이 달려가는 소리가 들렸다.

아무 말 없이 지나가려고 했지만, 잘 생각해 보면 나와 카키하라는 같은 반. 즉 신발장의 위치도 아주 가깝다는 소리이니──.

"린타로……. 있었다면 말을 걸지 그랬어."

뭐, 이렇게 되겠지.

나는 가식 모드로 전환한 뒤 카키하라를 돌아보았다.

"그…… 미안해, 말을 걸기 좀 어려웠어."

"하긴, 그렇겠네."

카키하라는 메마른 웃음을 흘리며 신발장에서 신발을 꺼냈다.

그 얼굴에는 죄책감이 진하게 얼룩져있어서 조금 안쓰러웠다.

"그…… 변함없이 인기 많구나."

"그런, 걸까……. 딱히 뭔가 특이한 걸 하는 것도 아닌데."

그야 그렇겠지. 카키하라는 그냥 평범하게 생활하는 것뿐이다.

근본이 선량한 이 녀석은 기본적으로 다른 사람에게 친절하다.

여기에 더해 얼굴도 잘생겼다.

내가 여자였다면 좋은 인상밖에 없었을 거다.

뭐, 경쟁률이 높은 건 귀찮으니까 진짜로 좋아한다거나 하진 않았겠지만.

"저기, 린타로. 지금부터 잠시 이야기할 수 없을까?"

"어?"

"상담할 게 있달까⋯⋯ 아즈사 말인데."

어깨가 움찔 반응했다.

지금 나는 그 이름에 민감하다.

"⋯⋯미안해, 선약이 있거든. 여름방학에 들어간 뒤는 안 될까?"

"그, 그렇구나. 그럼 어쩔 수 없지. 그렇다면⋯⋯ 이것만 말하게 해줘. 나 하나 결심한 게 있어."

카키하라는 유독 진지한 얼굴로 나를 바라보았다.

"나는 아즈사에게 데이트를 신청할 거야."

──아, 그래. 응.

하도 진지한 얼굴로 말하기에 영락없이 고백하기로 결심한 건 줄 알았다.

원래 소극적인 인간인 듯하니 오히려 이걸 결심한 것만으로도 굉장한 진전일지도 모른다.

미안하게도 별 관심이 없지만.

"드, 드디어 하는구나."

"그래. 내년은 수험 공부로 바빠질 테니까 기회는 지금밖에 없다고 생각했어."

"그렇지. 유스케도 니카이도도 꽤 상위권 학교를 지망할 것 같고."

"나는 그 정도는 아니지만, 아즈사는 상당히 상위 학교를 노리는 것 같더라고⋯⋯. 같은 대학에 갈 수 있다면 좋겠는데."

와우, 이 자식 완전히 푹 빠졌네.

눈앞에서 펼쳐지는 청춘이 눈부셔서, 그런 것에 내성이 없는 나는 머리가 어질어질해졌다.

아니, 정말로 진짜 다른 곳에서 해주지 않겠냐. 제발.

"힘내, 유스케. 앞으로도 계속 응원할 테니까."

"그래, 고마워. 그럼 점심 사서 돌아가야 하니까 먼저 갈게."

"응. 다음에 봐."

신발을 갈아신은 카키하라는 그대로 현관을 지나 밖으로 나갔다.

한숨을 쉬며 그 등을 배웅하고 있었더니 뒤에서 내 어깨를 두드렸다.

"린타로, 기다렸지? 누가 있었어?"

"응? 아, 유키오냐. 저기 저, 카키하라와 대화했었어."

가식 모드를 해제한 나는 교문으로 걸어가는 카키하라의 등을 턱짓했다.

"그러고 보면 조리 실습 이후로 꽤 사이 좋더라, 린타로."

"사이가 좋다고⋯⋯. 남들이 보면 그렇게 보일지도 모르겠네⋯⋯."

"응? 실제로는 아닌 거야?"

"그냥. 함부로 대하는 건 아니지만, 아직 본 모습을 보인 적은 없으니까. 사이 좋단 소릴 들으면 좀 그렇다고 해야 하나."

카키하라가 아무리 친구로서 대한들 내 쪽에선 그렇게 대하지 못한다.

입 밖으로 내진 않아도 그게 조금 미안했다.

나는 남에게 본모습을 보이는 것에 거부감이 있다.

누가 말하지 않아도 내 성격이 결코 좋지 않다는 것 정도는 안다.

그리고 그걸 굳이 남에게 맞추기 위해 바꿀 마음도 없다.

마음대로 기대했다가 마음대로 실망하는 타인은 사양이다.

괜히 관계가 꼬여버릴 바에야 계속 가식적으로 대하는 게 낫다.

"뭐, 이 이야기는 됐고. 공부 우리 집에서 해도 돼?"

"어? 그건 내가 할 말인데. 실례해도 괜찮아?"

"어쩌다 보니 새집에 초대할 타이밍이 없었으니까. 점심도 만들어줄게."

"신난다, 마침 배고팠어."

나는 유키오를 데리고 맨션으로 돌아갔다.

처음 우리 집 앞에 선 유키오는 그 크기에 어안이 벙벙해졌다.

"이, 이런 곳에서 사는 거야……? 집세도 많이 비쌀 텐데……."

"좀 일이 있었어. ……뭐, 언젠가 얘기하마."

레이와의 관계는 언젠가 유키오에겐 말해야 한다고 생각했다.

그녀도 밀스타 두 명에겐 사정을 이야기했다.

그건 미아와 카논이 더없이 소중한 동료이기 때문인데, 나에게 그것과 같은 관계에 해당하는 인물이 이 이나바 유키오다.

이대로 계속 숨기면서 지내는 건 역시 양심이 아프다.

안으로 들여보내자 유키오는 주변을 두리번두리번 둘러보기 시작했다.

지난번 집에도 있던 가구를 발견하고는 그제야 내 집이라고 확신한 건지 안심한 듯 한숨을 쉬었다.

"역시 아는 물건이 있으면 안심되네. 전과 너무 달라서 순간 가슴이 쿵쾅거렸어."

"나도 한동안 적응 못 했어. 맞다, 점심 볶음우동 괜찮아? 이거라면 바로 만들 수 있는데."

"응. 문제없어."

"그럼 소파에서 기다려."

나는 부엌으로 가 미리 사 놓았던 우동 사리와 파, 돼지고기, 양배추를 꺼냈다.

재료를 한 입 크기로 자르고 프라이팬에서 볶았다. 간장과 맛국물로 간을 낸 뒤 소금 후추로 마무리해서 완성.

"자, 다 됐어."

"와! 고마워!"

유독 신이 난 유키오 앞에 갓 완성한 볶음우동을 놓았다.

나도 옆에 앉아 '잘 먹겠습니다'라고 한마디 한 뒤 젓가락을 움직였다.

"잘 먹겠습니다. ——으음! 맛있어!"

"다행이네. 네게 요리해주는 건 오랜만이었으니까."

"그러게. 좀 섭섭했어."

"야, 야…… 징그러운 소리 하지 마."

둘이서 우동을 먹은 뒤 우리는 처음 예정대로 숙제에 임했다.

여러 종류의 숙제 중에서 수학 문제집을 푸는 숙제가 가장 단순하면서도 시간이 걸린다. 먼저 처리한다면 이녀석부터다.

사각사각 샤프가 종이 위를 달리는 소리만이 울렸다.

나도 유키오도 수학 성적은 나쁘지 않기 때문에 딱히 좌절하는 일도 없이 문제를 계속 풀 수 있었다.

따라서 여기까지 오면 단순한 작업이 된다.

때때로 응용문제 같은 어려운 게 나왔을 때는 상담하기도 하지만──.

"야, 유키오. 이거 말인데."

"아, 이거라면 여기를 이렇게…….."

이런 식으로 유키오에게 물어보면 바로 풀이법을 알려준다.

물론 답을 알려줄 정도로 유키오가 무르진 않기 때문에 요령을 배우면 거기서부터는 직접 풀어야 할 필요가 있으나, 가르치는 방법 자체가 좋아서 지금까지 풀지 못했던 게 거짓말인 것처럼 쉽게 답이 나왔다.

친구라서 팔이 안으로 굽는 것도 당연히 있겠지만, 솔직히 어설픈 교사보다 더 이해하기 쉽다.

이렇게 함께 숙제를 진행하길 몇 시간.

날이 저물기 시작했을 때 우리는 거의 동시에 샤프를 내려놓고 한숨을 쉬었다.

"꽤 많이 진행한 것 같은데? 수학은 이미 끝났고, 고전문학도 꽤 많이 풀었으니까."

"그러게. 마침 타이밍도 좋으니 잠시 쉬자. 커피 마실래?"

"부탁해도 될까?"

"물론이지. 에너지 드링크도 다 마셔버렸고."

카페인을 너무 많이 마시는 것도 고려할 사항이지만, 지금만 극복하면 그 후엔 즐겁기만 한 여름방학이 기다린다.

당분을 갈구하는 뇌의 명령에 따라 평소에는 블랙으로 마시지만 이번엔 커피 크림과 설탕을 넣었다.

유키오의 취향은 커피 크림 조금, 설탕 조금.

기억하는 대로 탄 커피를 가져가 테이블 위에 놓았다.

"서비스가 아주 좋네. 고마워."

"어려운 문제 가르쳐주기도 했으니까 피차일반이지. 맞다, 오늘 어쩔래?"

"어쩌다니?"

"자고 가겠냐고. 하룻밤 집중하면 거의 다 끝나지 않을까?"

"어? 그래도 돼……?"

"너네 집만 괜찮다면. 숙제하기 힘들어지면 게임이라도 하자."

"으, 응!"

유키오는 유난히 기쁘다는 듯 웃었다.

요즘 학교에선 같이 다녀도 방과 후엔 레이를 위해 시간을 써서 유키오와 같이 보내는 일이 거의 없었다.

그래서 여름방학 첫날 정도는 오래 같이 있어도 괜찮겠지.

──게다가.

"린타로, 안색이 조금 나빠졌는데…… 괜찮아?"

"응? 아, 어. 문제없어."

"그래?"

위험해라. 얼굴에 드러났었나.

나는 스마트폰 화면을 켜서 날짜와 요일을 확인했다.

오늘은 금요일, 즉 내일은 당연히 토요일이다.

『이번 주 토요일에 같이 밥 먹으러 가지 않을래? ……수족관에서 오토사키와 같이 있었던 이유를 듣고 싶어.』

　그래, 내일은 니카이도와 약속한 날.

　이 우울함을 극복하기 위해서는 유키오와 함께하는 힐링 타임이 필요하다.

　'미안하다, 유키오…….'

　말도 없이 공기청정기 취급한 걸 마음속으로 사과했다.

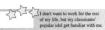

매미 울음소리가 귀에 쩌렁쩌렁 꽂힌다.

화가 날 정도로 이글거리는 태양이 내 머리를 혹독하게 굽고 있었다.

말 그대로 여름. 내가 제일 싫어하는 계절.

7부 길이의 바지와 하얀 반소매 티셔츠를 입은 나는 이 여름방학 첫날이라는 감사한 날에 굳이 반사열이 강렬한 아스팔트 위를 걷고 있었다.

본래대로라면 지금쯤 에어컨이 빵빵한 실내에서 설렁설렁 여름방학 숙제를 하고 있었을 텐데——.

'하지만 안 갈 수도 없지…….'

짜증이 날 정도로 맑은 하늘을 올려다보며 한숨을 쉬었다.

현실도피 겸 발을 멈추고 스마트폰 화면을 보았다.

『역 근처 패밀리 레스토랑에서 기다리고 있어.』

그런 메시지를 보낸 사람은 우리 반의 학급위원장인 니카이도 아즈사다.

나는 오늘 그녀에게 국민 아이돌과 수족관에서 데이트했던 걸 설명해야만 한다.

왜 굳이 그런 짓을…… 하는 생각은 수도 없이 했다.

하지만 이 부름을 거절해서 만에 하나라도 그 사실이 퍼진다면 최악의 사태다.

이러니저러니 해도 나는 니카이도가 어떤 인물인지 거의 모른다.

지금 있는 지식은 전부 소문으로 들은 것이니, 그 성실한 모범생의 모습은 나처럼 가면을 뒤집어쓰고 있을 뿐일 가능성도 충분히 있다.

이 건을 빌미로 금전을 요구하지 않기를 기도할 수밖에 없다.

얼마 지나지 않아 패밀리 레스토랑에 도착한 나는 우울한 기분으로 문을 열었다.

점원에게 이미 들어와서 기다리는 일행이 있다는 걸 알리고 가게 안을 둘러보았다.

그러자 가장 안쪽 자리에 익숙한 얼굴이 앉아있었다.

"……기다렸지? 니카이도."

"시도……. 갑자기 불러내서 미안해."

그쪽으로 걸어간 나에게 니카이도가 복잡한 표정으로 고개를 숙였다.

에휴, 그렇게 나올 거면 그냥 입을 다물고 있어 주지——.

"아니, 괜찮아……. 신경 쓰이는 마음은 이해하니까."

그렇게 맞장구를 치며 나는 드링크 바를 주문했다.

적당히 메론 소다를 따라서 가져온 뒤 니카이도가 이야기를 꺼내길 기다렸다.

"요즘 계속, 신경 쓰였어."

"응……."

"수족관에 있었던 사람, 오토사키 맞지? 같은 티셔츠를 입고……. 혹시 시도의 여자친구가 오토사키야?"

대충 예상했던 질문이 날아왔다.

나는 빨대로 메론 소다를 한 모금 마신 뒤 오늘만 몇 번째인지 모를 한숨을 쉬었다.

"……니카이도, 그건 착각이야."

"어?"

니카이도에게서 처음 라인이 도착했을 때부터 나흘 동안 나는 계속 그녀에게 뭐라고 변명할지 고민했다.

그리고 나는 이미 완벽하게 구워삶기 위한 대본을 만들어왔다.

"사실은 그때 내가 한 말은 허세야. 니카이도네는 넷이서 즐겁게 놀러왔었잖아? 그게 좀 부러워서, 여자친구가 있다고 거짓말해버렸어."

"그, 그랬구나……. 하지만, 그럼 왜 오토사키와 같이 있었던 거야?"

"──지금부터는 네가 절대 남에게 말하지 않는다고 약속해주지 않으면 말 못 해."

나는 심각한 분위기를 조성하며 니카이도의 눈을 빤히 응시했다.

분위기가 바뀐 걸 알아차린 건지 그녀는 주눅이 든 모습으로 고개를 끄덕였다.

"알았어. 그럼 알려줄게. ──사실 나와 오토사키는 조금 먼 친척이야."

"뭐?!"

"'팔촌' 정도던가. 같은 학교에 입학한 것도 있다 보니 가끔 신곡 만드는 걸 도와주곤 해. 이번에는 연애가 주제라서 데이트 같

제2장 여름방학은 파란으로 가득하다. 21

은 걸 해보기로 했거든."

"……그, 그랬구나."

얼떨떨한 니카이도의 표정을 보고 나는 승리를 확신했다.

이것이 내가 짜낸, 아슬아슬하게 믿어줄 법한 거짓말이다.

팔촌이라는 절묘하게 먼 친척관계를 꺼내서 우선 괜히 자세히 파고드는 걸 방지한다. 사촌 정도의 혈연이라면 조사하면 아슬아슬 정보가 나올지도 모르지만, 팔촌까지 가면 경찰도 아닌 한 조사하지 못할 테지.

남은 고교생활 기간이라면 이걸로 속일 수 있을 거다.

──아니 뭐, 무리수라는 것 정도는 알고 있긴 한데.

"오토사키도 아이돌이니까 남자친구를 만들 수도 없는 모양이더라. 그래서 친척인 내가 거들어주기로 한 거지. 정말 가끔이지만."

"그렇구나, 애인은 아니구나……."

"응, 여태까지 살면서 여자친구가 생겼던 적은 한 번도 없어."

하하하 메마른 웃음을 흘렸다.

반면 니카이도는 어째서인지 안심한 듯 가슴을 쓸어내렸다.

대체 이건 뭐에 대한 반응이지?

"그, 그럼! 시도는 지금 좋아하는 사람…… 있어?"

"어?"

"그냥 물어보고 싶어서……."

니카이도는 머뭇거리면서 갑자기 그런 걸 물어봤다.

아무리 그래도 이렇게까지 노골적이면 눈치챈다.

이 녀석, 아마 아직 나한테 마음이 있다.

아니, 잘 생각해 보면 당연하지.

수족관에서 만났을 때 이미 어딘가 의식하고 있는 듯했지만 나에게 여자친구가 있다고 듣고 한 번은 그 감정이 사라졌다. 그런데 그 장벽인 여자친구가 사실은 존재하지 않는다는 걸 알면 사정이 달라진다.

"좋아하는 사람이라……."

레이와의 관계에서 화제가 바뀐 건 나에게는 요행이다. 이대로 새 화제로 밀어붙이자.

그런 고로 그 좋아하는 사람에 대해서도 생각해 봤다.

어렴풋하게 떠오르는 건 그 고운 금발.

그에 따라 떠오르는 한 소녀의 이미지를 고개를 저어 털어냈다.

"없어. 괜찮다 하고 보는 사람은 많이 있지만, 그…… 사귀고 싶다는 눈으로 보는 상대는 지금은 없어."

"그렇구나……."

"니카이도는? 평소 같이 다니는 그 멤버 안에 마음이 있는 상대가 있거나 하진 않아?"

"어, 없어! 전혀 없어!"

필사적으로 고개를 젓는 걸 보면 이건 진심이다.

카키하라, 넌 울어도 돼. 소고기덮밥 정도는 사줄게. 곱빼기까지 용서하마.

"카키하라도 도모토도 무척 든든하고 멋지지만, 연애 대상으로 생각한 적은 없어. 최고의 친구라고는 생각해도 그런 눈으로는…… 못 보겠어."

"……흐응, 그렇구나. 어쩌면 너무 오래 같이 있어서 그렇게 느끼는 건지도 모르겠네."

"아, 그럴지도. 그 사람을 좋아한다고 느낄 때의 그…… 두근거림이 없다고 할까. 굳이 따지자면 같이 있으면 안심된다는 느낌이야."

──진짜로 카키하라가 불쌍해졌다.

가능성이 전멸이라고 할 정도는 아니어도, 당분간은 친구라는 범주에서 벗어나지 못할 것 같다.

어떻게든 카키하라를 도와주고 싶은데…….

"그럼 결국 신경 쓰이는 사람은 없는 거야……?"

"……응. 지금은, 있어."

"그, 그렇구나! 좋은데! 청춘이잖아!"

하지 마. 촉촉한 눈으로 이쪽 보지 마.

이럴 때는 진심으로 내가 둔감 주인공이 아니라는 게 원통하다.

아니, 아예 그냥 둔감 주인공을 연기하면 되지 않나?

좋아, 이거다. 이렇게 된 거 계속 눈치채지 못한 척하자.

"누, 누구려나. 좀 맞혀보고 싶으니까 좋아하는 타입 같은 거 가르쳐주지 않을래?"

"어?! 괘, 괜찮은데……."

이걸로 좋아하는 타입을 알아내면 나중에 카키하라에게 은근슬쩍 흘릴 수 있을지도 모른다. 지금은 남자로서 보지 않는다고 해도 아직 미래가 확정된 건 아니니까.

여기서부터 만회하면 카키하라의 사랑도 절망적이지는 않을 것이다————아마도.

아니면 말고.

"가정적이고, 문득문득 덧없는 표정을 보이는 사람…… 일까. 앞이나 뒤를 따라가는 관계가 아니라, 옆에 나란히 서는 걸 허락해줄 것 같은 사람이 좋아."

"그…… 그렇구나."

상상했던 것보다 더 성실한 대답이 돌아와서 조금 당황했다.

아니, 정말 니카이도가 나에게 호감을 느끼기 시작했다고 쳐도 과연 내 어떤 부분이 그녀의 심미안을 통과한 걸까.

별로 접점이 없던 우리가 엮인 순간이라고 해봤자 정말로 조리 실습 때 정도다.

그야 옆에 서 있긴 했지만.

요리를 같이 만들어서 가정적인 부분을 보여줬지만.

'그런 부드러운 표정도 하는구나'란 말을 들었지만.

——어라? 짐작이 너무 가네.

"시도는…… 어떤 사람이 타입이야?"

"내 타입?"

쿨다운을 위해 마시던 메론 소다를 테이블에 내려놓은 나는 니카이도에게서 날아온 질문에 뭐라고 대답할지 생각했다.

좋아하는 타입이라. 솔직히 생각한 적도 없었다.

애초에 이성으로서 좋아했던 사람이 떠오르지 않는다.

유치원 때 자주 놀았던 여자애 정도인가? 솔직히 초등학교 이전의 기억은 흐릿하다.

초등학교에 올라간 뒤로는 어머니 건이 있었으니까 이성을 대하는 것 자체가 별로 즐겁지 않게 되었고, 남에게 연애 감정을 품지 않게 된 것도 마침 그 무렵이었을 터.

"으음…… 웃는 얼굴이 매력적인 사람?"

나는 어떻게든 쥐어짜서 그렇게 대답했다.

지난번에 TV를 봤을 때 배우가 그 자리를 적당히 넘기기 위해 사용한 표현을 그대로 써 봤다.

실제로는 여기에 '나를 부양해주는 사람'이라는 항목이 추가되지만, 이걸 말하기엔 니카이도와의 관계는 아직 얄팍했다.

"그, 그거 말고는?!"

"그거 말고?!"

뭐야 이 녀석. 일단 대답했으니까 물러나라고.

"으음…… 그, 그럼…… 의지해주는 사람? 중요한 순간에 혼자 껴안지 않거나, 힘들 때 힘들다고 제대로 말할 수 있는 사람이 아니면 안심하고 사귀지 못할 것 같기도?"

순간적으로 나온 대답치고는 의외로 내 본심이 나왔다.

상대방이 힘들어하거나 괴로워하는데 파트너인 내가 그걸 알아차리지 못하고 태평하게 생활했다는 건, 그보다 더 자괴감을 느낄 수가 없다.

적어도 나는 상대방이 고민하는 문제는 상담하고 싶고, 도와줄 수 있다면 돕고 싶다.

물론 말하기 어려운 일이라면 말하지 않아도 된다.

다만 나에게 폐를 끼친다고 생각해서 말하지 않는 거라면, 그러지 말라는 소리다.

"그건…… 꽤 어려운, 것 같지?"

니카이도의 입에서 나온 의견에 나는 눈을 크게 떴다.

마침 나와 같은 생각이었으니까.

"그래, 아마도. 나 자신도 남에게 의지하는 건 어려워하는 편이고."

이용할 수 있는 건 전부 이용한다는 정신이 합리적이라는 건 이해하지만, 인간이란 그리 쉽게 그렇게 되지 못하는 법이라.

"결국 타입만 말한다는 건 어려운 것 같아. 좋아하는 사람이 좋아하는 타입이라는 말은, 딱히 당장 적당히 넘어가기 위해 하는 대답이 아닌 건지도."

"응, 그럴지도 모르겠네."

니카이도는 즐겁다는 듯 웃었다.

이제 아무래도 평범한 잡담으로 넘어갈 수 있을 것 같다. 궁지를 면했다고 봐도 되겠지.

"아직 요리 안 시켰지? 오늘은 내가 살게. ──이렇게 말해봤자 저렴한 패밀리 레스토랑이지만."

"어?! 아니야! 오히려 내가 살 생각으로 왔는데……."

"괜찮아. 여자애 앞에서 폼잡고 싶은 건 남자의 본능 같은 거니까."

"으, 으음……. 그렇게 말한다면."

좋아, 이걸로 니카이도에게 좋은 인상을 줄 수 있다면 패밀리 레스토랑의 식대 정도는 싸게 먹히는 거지.

제발 앞으로 다시는 레이와의 이야기를 꺼내지 말아주라.

밀라노풍 도리아라면 추가로 더 시켜도 되니까.

각자 메뉴판을 보고 주문한 우리는 화기애애 잡담하면서 식사를 즐겼다.

의외로 니카이도는 잡담을 좋아하는 듯해서 비교적 니카이도를 중심으로 대화가 흘러갔다.

친구, 그러니까 카키하라, 도모토, 노기에 대해 즐겁게 이야기하면서 부드러운 표정을 짓는다.

정말로 그 애들을 소중히 여기는 모양이었다. **친구로서**.

그렇게 시간이 흘러가 이윽고 진로 화제가 나왔다.

"아하, 역시 니카이도가 지망하는 대학은 편차치가 높구나."

"응. 모처럼 편차치가 높은 고등학교에 들어왔으니까 최대한 위를 노리고 싶어."

그녀의 입에서 나온 대학 이름은 전부 도쿄 내에서도 입학하기 어려운 곳으로 꼽히는 대학들이었다.

내가 그 대학에 들어가고 싶어도 어지간한 노력으로는 상대도 되지 않겠지.

니카이도는 체육 말고 다른 성적이 아주 좋다.

시험 점수만 놓고 본다면 매번 반드시 전교 5등 안에 들어간다.

컨디션에 따라 점수 변동이 있다는 듯하지만, 그래도 5등 안에 들어간다는 건 역시 대단하다고밖에 할 수 없다.

참고로 그 상위쟁탈전에는 내 절친한 친구인 이나바 유키오도 매번 들어가는데, 이건 정말로 여담이다.

"대단해라. 높은 목표가 있는 사람은 굉장해."

"시도는? 가고 싶은 대학 있어?"

"으음……. 지금은 딱히 하고 싶은 것도 생각나는 게 없고, 우선 선택지를 넓힐 수 있는 학교에 가서 상황을 보려고 생각해. 명확한 꿈이 있는 것도 아니니까."

물론 전업주부가 되고 싶다는 꿈은 숨겼다.

"그렇구나……. 그럼 시도와는 고등학교 졸업하면 작별이네……."

야, 거기서 침울해할 필요 없잖냐.

"에, 에이, 그 정도는 아니야. 요즘은 라인으로도 대화할 수 있고, 또 이런 식으로 밥 먹자고 만날 수도 있는걸."

"또 불러도 돼?"

"당연하지. 아, 하지만 니카이도에게 남자친구가 생기면 사양할게. 그 사람에게 미안하니까."

그 상대가 카키하라가 될지도 모르니까 더욱 절박한 본심이다.

그 녀석에게 시비 거는 짓은 정말로 피하고 싶거든.

"나, 남자친구라니…… 그렇게 쉽게 생기진 않을, 걸……?"

"……그렇구나."

그러니까 촉촉한 눈으로 이쪽 보지 말라고──.

나는 한숨을 죽이며 메론 소다를 마시려고 컵을 잡았다.

하지만 이미 다 마셔버린 뒤라 조금 작아진 얼음이 달그락거렸다.

"잠깐 마실 거 받아올게. 니카이도 것도 가는 김에 받아오려고 하는데, 뭐 마시고 싶은 거 있어?"

내가 테이블에 놓은 니카이도의 빈 컵을 지적하자 그녀는 놀란 모습을 보인 후 조심스럽게 그걸 내밀었다.

"그럼…… 진저에일을 가져다줄 수 있을까?"

"알았어."

두 개의 컵을 들고 자리에서 일어났다.

일단 분위기를 리셋하자.

니카이도의 시선에 호감이 노골적으로 느껴진다.

깜빡 '혹시 니카이도가 좋아하는 사람이 나라거나!' 같은 농담으로 넘어가려고 했다간 그대로 '……응' 하고 대답이 돌아와 고백하는 흐름이 되어버릴 듯한 예감이 들 만큼 감정이 숙성된 것처럼 느껴졌다.

뭐, 실제로는 거기까지 감정이 정리된 건 아닐 테지만, 그래도 '그 감정은 착각이야'라고 얼버무리기 힘들다.

'다만…… 정말로 뭔가 아닌 듯한 느낌이 든단 말이지.'

사랑이네 연애네 하는 걸 아직 잘 모르는 내가 말하는 것도 좀 그럴 수 있지만, 니카이도가 나에게 보내는 감정을 사랑이라고 단언하기에는 아직 이른 것 같다.

뭐, 내가 그렇게 생각하고 싶은 것뿐일지도 모르지.

확증이 없는 걸 강요하는 건 너무 뻔뻔한 짓이니까, 이 생각을 겉으로 드러내는 건 껄끄러웠다.

"하아……."

무심코 커다란 한숨이 나왔다.

기쁘다 기쁘지 않다로 대답하라면 6대 4 정도의 비율로 기쁘지 않다가 살짝 우세하다.

아무래도 스쿨 카스트 1위인 남자가 좋아하는 상대니까.

공연한 착각으로 나와 카키하라의 관계가 꼬이면 곤란하다.

매일 가야만 하는 학교가 우울해지는 사태는 피하고 싶다.

우선 진정하고 카키하라 이야기를 더 꺼내자.

그리고 평소 네가 같이 지내는 그 남자는 주변에서 남자친구로 사귀고 싶어서 안달이 난 남자라는 걸 은근슬쩍 어필해볼 수밖에 없다.

거짓말은 하나도 안 했고, 계속 끈질기게 어필하면 눈치채겠지── 아마도.

"좋아."

기합을 넣고 니카이도 몫과 내 몫의 음료를 컵에 따랐다.

흘리지 않도록 조심하면서 자리에 돌아가려고 하자 그쪽에서 무언가 대화하는 목소리가 들렸다.

"아즈사잖아! 혼자서 패밀리 레스토랑에 온 거야? 부르지 그랬어."

"그러게! 같이 오자고 했으면 남자 둘이서 쓸쓸해하지 않을 수 있었는데 말이야."

모퉁이를 돌자 니카이도가 앉아있는 자리 앞에 선 두 남자의 등이 시야에 들어왔다.

아── 최악의 사태다.

"미안해, 하지만 오늘은 선약이 있어서 부르지 못했어. 카키하라와 도모토는 공부하러 온 거야?"

"아니, 잠깐 류지에게 상담하고 싶은 게 있어서⋯⋯. 그보다 선약이라니 호노카하고? 접시도 2인분인 것 같은데⋯⋯."

"아니. 지금 마실 걸 가지러 갔는데⋯⋯ 아! 돌아왔다!"

돌아가고 싶어도 돌아갈 수 없는 상황.

나는 그저 그 자리에 서 있을 수밖에 없었다.

"⋯⋯! 린타로?!"

"아, 안녕⋯⋯ 유스케, 도모토. 그⋯⋯ 우연이네."

두 손에 컵을 든 채 뻣뻣한 미소를 지었다.

신이시여── 여름방학 첫날부터 이 모양이라니, 괴롭히는 겁니까?

시작부터 이러면 난이도가 너무 하드하니까 가능하면 후반에는 좋은 일로 꽉꽉 채워주실 수 없나요? 안 그러면 수지타산이 안 맞는다고요. 진심으로.

"어, 어째서⋯⋯ 린타로와 아즈사가 같이 있는 거야⋯⋯?!"

노골적으로 당황한 카키하라를 앞에 두고 나는 뇌를 풀가동했다.

수라장이라고 해도 지장이 없는 상황. 온건하게 넘어가기 위해서는 단어 선택과 표현 방식이 중요해진다.

"그게, 유스케──."

"연애 상담이었어. 시도에게 꼭 묻고 싶은 게 있었거든."

사레들릴 뻔했다.

여기서 니카이도가 쓸데없는 소릴 하면 큰일이다.

큰일이지만── 이 상황에서는 어쩌면 굿잡인 건지도 모른다.

연애 상담. 그래, 이걸로 가자.

"맞아. 내가 여자친구가 있다는 이야기는 지난번에 두 사람에게도 했었지? 그래서 내가 연애 경험이 풍부하다고 착각한 니카이도가 상담하고 싶다고 하더라고."

"그, 그렇구나! 영락없이 내가 모르는 사이에 두 사람이 굉장히 친해진 건가 했어! 하하하!"

야, 카키하라. 웃음소리 어색하거든. 무리해가면서 웃지 마라.

아무튼 이 반응을 보면 썩 믿지 않는 듯한 분위기였다.

조금 더 말을 얹을까.

"미안하지만 두 사람에게는 무슨 내용이었는지 말할 수 없어. 특히 유스케에겐!"

"나, 나?!"

추리해라, 카키하라 유스케. 그리고 착각해라.

너한테만은 말할 수 없다는 건 우리가 상담하던 내용이 너와 관련이 있는 거라고.

연애 상담에서 자신의 이야기가 나왔다는 건 니카이도가 조금은 의식하고 있다는 거라고.

전부 착각이지만! 제발!

"아, 아하! 그런 거구나! 그럼 어쩔 수 없지. 응. 아무것도 묻지 않을게."

──────좋았어.

카키하라는 무언가 이해했다는 듯 팔짱을 끼고 고개를 위아래로 흔들었다.

너무나 내가 바라는 대로 넘어가 준 덕분에 무심코 입꼬리가 올라갈 뻔했다.

그렇게 되지 않도록 참으면서 자리로 걸어갔다.

"……? 나는 딱히——."

"웃차! 니카이도는 진저에일이었지? 자, 여기!"

"어? 아, 고마워."

괜한 소릴 하기 전에 니카이도 앞에 진저에일을 내려놨다.

당장 급한 것만 넘기는 방식이었으니 앞날이 불안하지만, 아무튼 오늘만 넘길 수 있다면 이 녀석들과는 당분간 만나지 않아도 될 거다.

이번 여름에 카키하라의 사랑은 어떠한 형태로든 변화가 있을 테지.

상황이 변하면 일일이 카키하라를 신경 쓸 필요는 없어질 것이다.

그렇게 될 때까지는 버텨라, 시도 린타로.

"저기, 뭐든 상관없는데…… 배고프니까 우선 뭐 안 먹을래?"

"그러게. 모처럼 만났으니 같이 앉아도 될까?"

나도 니카이도도 카키하라의 제안에 고개를 끄덕였다.

식사 자체는 끝났지만, 여기서 떠나는 것도 좀 그렇다.

게다가 니카이도가 괜한 소릴 하지 않도록 견제하기 위해서도 여기에 남을 필요가 있겠지.

"고마워. 점심때라 사람이 꽤 많이 들어왔으니까."

카키하라와 도모토가 자리에 앉았다.

고마움의 표시인 건지, 자리에 앉을 때 카키하라가 나를 향해 슬쩍 윙크를 날렸다. 진짜로 필요 없으니까 하지 말아줄래?

잠시 후 두 사람이 시킨 메뉴가 나왔다.

도모토 앞에만 요리가 산더미처럼 쌓였는데, 정말로 이걸 다 먹을 생각인 걸까? 자칫 레이 이상—— 아니, 한창 성장기인데다 체육계인 남자 고등학생과 경쟁할 수 있는 레이야말로 놀라운 거겠지. 응.

"그런데 시도랑 유스케는 언제부터 서로를 이름으로 부르는 사이가 된 거야? 좀 놀랐어."

"이름으로 부르게 된 건 삼자면담 때였어. 마침 우리만 일대일 면담이라서 기다리는 동안 대화할 시간이 있었거든."

카키하라의 설명에 나는 고개를 끄덕였다.

그 짧은 시간에 거리를 좁히다니 역시 스쿨 카스트 1위라고 할 수밖에 없겠지.

"아, 그랬구나. 그럼 나도 린타로라고 부르게 해줘! 모처럼이니까!"

"어? 아, 응. 그래."

뭐가 모처럼인 건지는 알 수 없었지만 일단 허락했다.

이름으로 부르는 사이가 된다고 해도 그게 반드시 친함으로 이어진다고 보진 않는다.

그러니 부르는 방식 정도는 마음대로 하라지.

"그, 그런 거면 나도 린타로라고 불러도 돼?!"

"여자애가 그렇게 부르면 여자친구가 싫어하니까, 미안하지만 그건 어려울 것 같아."

"아…… 그렇구나."

니카이도는 내 필사적인 눈을 보고 무슨 말을 하고 싶은 건지 이해한 모양이었다.

그녀가 봤을 땐 내가 카키하라와 도모토 앞에서 허세를 부리고 싶은 남자로 비쳤겠지.

실제로 조금 전에 이야기한 내용은 입막음을 해놓았으니까, 이건 부자연스럽지 않을 거다.

휴, 다행이다. 자칫 카키하라가 무시무시한 눈으로 노려볼 뻔했어.

나보다 오래 알고 지냈을 텐데 왜 니카이도는 카키하라를 성으로 부르는 걸까. 카키하라 쪽에서는 이름으로 부르는데.

"……아, 난 슬슬 돌아갈게."

스마트폰으로 시간을 확인한 나는 세 사람에게 그렇게 말했다.

오늘 밤은 일하고 돌아온 레이에게 저녁밥을 차려줄 예정이다. 재료는 아직 있지만 밖에 나갈 일을 줄이기 위해 몇 가지 사 놓고 싶은 게 있다.

솔직히 아직 시간적으로 여유는 있지만 먼저 돌아간다는 죄책감을 없애기 위해서는 좋은 구실이었다. 게다가 평소에도 같이 노는 게 아닌 내가 빠지면 세 사람도 더 편하게 대화할 수 있겠지.

"시도, 오늘은 고마웠어."

"아니야. 또 무슨 일 있으면 연락해."

사회생활 겸 니카이도에게 그렇게 대답한 뒤 테이블 위에 2천 엔을 놓았다.

카키하라와 도모토가 와서 골치 아파지긴 했지만 내가 니카이도에게 사겠다고 말한 건 유효한 상태라고 본다.

두 사람의 몫을 더해도 2천 엔보다 적었지만, 남은 건 카키하라에게 사과하는 셈 치자.

"이걸로 나와 니카이도가 먹은 걸 계산해줘. 거스름돈은 필요 없어."

"어? 괜찮은 거야?"

"괜찮아. 원래 그렇게 한다고 했거든. 게다가 한 번쯤은 거스름돈은 필요 없다는 말을 해보고 싶었어."

농담으로 적절히 넘기며 나는 레스토랑 밖으로 나왔다.

혼자가 된 순간 피로가 훅 밀려들었다.

우선 이걸로 니카이도가 나와 레이의 관계를 외부에 발설하는 위험은 한없이 낮아졌겠지. 먼 친척이라는 관계를 믿어준 것 같았고, 비겁한 소리지만 그녀는 나에게 미움받을 만한 짓은 당분간 하지 않을 것이다.

"하아……."

한숨을 쉬며 나는 전철을 타고 집에서 가장 가까운 역으로 이동했다.

여기로 이사 와서 잘된 점 중 하나로 역과 맨션 사이에 대형 슈퍼가 있다는 걸 꼽을 수 있다. 더불어 24시간 영업. 이렇게 편리하면 다른 곳으로 이사하기 싫어진다.

자주 사용하는 양파와 삼겹살, 우동 등을 사고 그와 함께 조미료도 몇 가지 보충했다.

레이가 케첩을 좋아하다 보니 상당히 빨리 사라진다. 따라서 두 개 정도 추가로 구매하면 일단 장보기는 완료.

비닐봉지를 부스럭부스럭 흔들면서 맨션 앞으로 돌아갔다.

"응……?"

현관문을 열려고 한 그때 갑자기 주머니 안에 들어있던 스마트폰이 알람을 울렸다.

무슨 일인지 확인해보자 카키하라 유스케의 이름으로 라인이 와 있었다.

『다음 주 수요일에 우리와 같이 수영장 가지 않을래?』

──아니, 진짜 무슨 일이야?

집 안으로 들어간 나는 비닐봉지의 내용물을 냉장고 등으로 옮긴 뒤 소파에 앉았다.

그 후에 카키하라와 라인으로 대화해본 결과 가까스로 사정을 이해하는 데 성공했다.

들어보니 내가 떠난 뒤에 세 사람 사이에서 수영장에 놀러 가자는 이야기가 나왔다고 한다. 그래서 그 자리엔 없었던 노기도 부르기로 했는데, 기왕이면 아까까지 같이 있었던 나도 부르자고 **니카이도가** 제안했다고 한다.

괜한 소릴 했단 생각이 안 드는 것도 아니지만, 무슨 일이 있으면 연락하라고 한 사람은 나다. 사회생활을 위한 빈말이었다지만 거부하는 건 떨떠름했다.

게다가—— 응, 이런 메시지가 와 버리면 좀 거절하기 힘들다.

『나 이번 수영장에서 아즈사에게 조금 더 어필하려고 해. 사정을 아는 건 린타로뿐이니까, 협력해줄 수 있을까?』

끄응, 싫다. 솔직히 말해서 귀찮고 무지막지 싫다.

하지만 니카이도와 카키하라가 잘 되는 게 지금의 나에게는 가장 고마운 결말이다.

여기선 협력한다는 선택지도 괜찮을지도 모른다.

애초에 내가 니카이도에게 접근하지 않는 게 나을 것 같기도 하지만, 반대로 말하자면 환상을 깨트릴 기회이기도 하다.

내 주가를 내리고 카키하라의 주가를 올릴 만한 획기적인 방법은 아무것도 떠오르지 않았지만, 해볼 만한 가치는 있겠지.

게다가, 뭐—— 쪽팔리지만 나는 여름방학에 여럿이서 놀러 가는 경험을 한 적이 없었다. 그래서 아주 조금이지만 동경하는 감정도 있기는 하다.

학창 시절에 한 번 정도는 적극적으로 참석해봐도 괜찮겠지.

『알았어, 갈게.』

그렇게 메시지를 입력한 뒤 송신했다.

그러자 바로 내 참석을 기뻐하는 메시지가 돌아오더니, 자세한 시각과 약속 장소의 정보가 왔다.

정말 카키하라라는 남자는 좋은 사람이다. 니카이도 앞에서만 헛발질을 할 뿐이지…….

"다녀왔어."

"오냐, 어서 와."

얼마 후 레이가 거실로 들어왔다.

어딘가 지친 모습인 그녀는 땀으로 피부에 달라붙은 머리카락을 성가시다는 듯 치웠다.

"땀을 엄청 흘렸나 보네. 지금부터 소면 삶을 테니까 샤워하고 와도 돼."

"응…… 고마워. 오늘은 신곡 안무 연습이라 상당히 지쳤어."

그녀는 거실에서 복도로 돌아가 욕실로 향했다.

나는 냄비로 물을 끓이며 소면을 준비하기 시작했다.

하지만 할 일은 별로 없다.

육수 맛을 위해 파를 썰거나 얼린 유자를 갈고.

육수에 참기름을 살짝 넣어주면 또 풍미가 바뀌니까 그것도 조금 준비하고. 그 정도다.

소면 자체에는 딱히 무언가를 하지 않지만, 이렇게 육수를 커스터마이즈하는 건 개인적으로는 좋아하는 편이다.

'……아, 수건 있던가?'

소면을 다 삶았을 때 문득 떠올렸다.

아마 아직 세면실에 예비 목욕수건을 안 뒀던 것 같다.

커다란 접시에 소면을 담는 것까지 끝낸 후 나는 뽀송뽀송한 목욕수건을 들고 세면실로 향했다.

아직 샤워 소리가 들린다.

여기서 막 씻고 나온 레이와 마주친다는 에로틱한 해프닝은 깔끔하게 회피했다.

하지만 무슨 일에든 오산이라는 건 있기 마련——.

"으……."

나도 모르게 그런 목소리가 튀어 나갔다.

아무렇게나 벗어던진 레이의 옷가지 사이로 하얀색의 천 조각이 보였다.

저건…… 아마도 속옷이다.

이렇게 대놓고 말하긴 좀 그렇지만, 나는 그녀의 속옷 정도라면 본 적이 있다.

바쁜 레이 대신 빨래도 내가 담당하기 때문이다. 당연히 봤지.

다만 그럴 때는 내용물이 잘 보이지 않는 빨래망에 넣어달라고 한 뒤에 빨기 때문에 제대로 본 건 아니었다.

'으……! 망할!'

쓸데없이 뜨거워진 뺨을 식히기 위해 머리를 도리질했다.

잊어버려. 전부 잊어버려.

그렇게 거듭 다독이며 옷 주변에 목욕수건을 내려놨다.

그리고 레이가 입었던 옷을 살그머니 움직여서 속옷을 가렸다.

이걸로 내가 속옷을 봤다는 건 눈치채지 못하겠지.

"……진짜 바보 같아."

냉정하게 생각하면 레이는 전혀 신경 쓰지 않을 가능성이 크다.

나만 당황하는 거라면 그건 그거대로 조금 허무했다.

최근 나는 어딘가 상태가 이상한 것 같다.

하지만 그걸 자각하지 않으려고 회피하며 지냈다.

자각했다간 무언가가 바뀌어버릴 것 같은 느낌이 들어서——.

"욕실 먼저 썼어. 고마워."

"오냐. 밥 다 됐으니까 자리에 앉아."

"응, 알았어."

욕실에서 나온 레이에게 착석을 권한 뒤 테이블 위에 소면 접시와 육수가 들어간 그릇을 놓았다.

나와 레이는 손을 모은 뒤 식사하기 시작했다.

"음, 맛있어."

"감사. 비교적 간단히 한 거지만……."

"아니야. 이것저것 추가할 수 있는 게 있어서 이건 이거대로 즐거워."

레이는 그렇게 말하며 육수에 파를 넣었다.

그리고 고추기름을 세 방울 떨어트린 뒤 다시 소면을 먹었다.

"육수 교환 괜찮아?"

"문제없어. 리셋하고 싶으면 다시 만들어올게."

"알았어."

고추기름이나 참기름을 넣는 것도 확실히 맛있지만, 다른 맛으로 바꾸고 싶을 때 처음 상태로 돌아갈 수 없다는 부분이 단점이다.

그렇다면 '기본 맛'을 따로 준비하면 된다.

조금 아깝단 생각도 들지만, 위생적으로도 달리 활용할 방도가 없으니 어쩔 수 없다.

"린타로. 내일 쉬는 날인데, 쇼핑하러 가고 싶어. 같이 가 줄래?"

"잠깐만…… 이게 몇 번째인진 모르겠지만 같이 나가는 건 위험하지 않아?"

"괜찮아. 돌아다니기 쉽도록 가발 준비했어."

그렇게 말하며 레이는 자신의 가방에서 머리카락 덩어리를 꺼냈다.

출렁거리는 흑발로 변신할 수 있는 가발이다. 레이의 금발과는 정반대였다.

"이걸 쓰면 나라는 걸 알지 못할 거야. 머리색이 주는 인상은 꽤 크거든."

"음, 그렇긴 하지?"

머리에 가발을 쓴 그녀는 확실히 인상이 확 바뀌었다.

머리카락을 정돈하지 않아서 군데군데 금발이 비집고 나오긴 했지만, 그것만 사라진다면 대충 다른 사람이라고 해도 될 정도다.

"……알았어. 그런 거라면 갈게."

"고마워. 여름용 옷을 몇 벌 더 사고 싶었어."

"아, 그런 거라면 겸사겸사 나도 사도 돼?"

"상관없어. 하지만 뭘 사게?"

"수영복."

"어……?"

잘 생각해 보니 나는 학교 수업에서 입는 수영복밖에 없었다.

정 안 되면 그걸 가져가면 되지만 그건 너무 촌스러우니까.

여기선 사비를 들여서라도 수영복을 한 벌 갖고 있어야겠지.

"조만간 수영장에 갈 예정이 생겼거든. 그때 입을 걸 사려고……

응? 왜 그래?"

그때까지 비교적 막힘없이 대화하고 있던 레이가 갑자기 침묵했다.

걱정되어서 말을 걸어보자 그녀가 간신히 입을 열었다.

"──누구랑?"

"어?"

"누구랑?"

어? 레이 님, 혹시 뭔가 화나셨나요?

전에 없이 강렬한 압박감이 느껴지는 그녀의 말에 무심코 머뭇거렸다.

그리고 나는 어째서인지 존댓말로 사건의 전말을 설명하게 되었다.

당연히 카키하라의 사정 같은 건 숨겼지만.

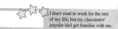
덥다.

단 한마디, 그 말을 머릿속에 떠올리며 변함없이 새파란 하늘을 올려다보았다.

나는 지금 버스 정거장에 놓인 벤치에 앉아있다.

그리고 옆에는 검은 머리카락의 미소녀가 앉아있었다.

"응? 얼굴에 뭐 묻었어?"

"아니…… 아무것도 아니야."

레이는 어리둥절한 얼굴로 나를 쳐다봤다.

그런 그녀에게서 시선을 돌리고 한숨을 한 번 쉬었다.

레이는 지금 가발과 검은색 컬러 콘택트렌즈를 끼고 있다.

전에 가발만 보여줬을 때와는 다르게 오늘의 그녀는 금발이 전혀 보이지 않도록 세팅해놓았다.

따라서 이렇게 가까이서 본다고 해도 그녀가 오토사키 레이라는 걸 그리 쉽게 눈치채진 못할 것이다.

그 신선함 때문에 넋을 놓게 될 줄은 차마 예상하지 못했지만…….

"린타로, 버스 왔어."

"응? 어……."

눈앞에 선 버스에 올라탄 우리는 나란히 비어있는 자리에 앉았다.

왜 버스에 탔냐면, 역에서 조금 떨어진 장소에 있는 쇼핑몰에 가기 위해서다.

여름옷이나 수영복을 살 뿐이라면 역 앞에서도 충분했지만, 한 점포에서 그걸 전부 해치우는 건 어렵다. 그렇다면 결국 가게를 이동해야 한다는 소린데, 이 더위 속에서 돌아다니는 건 자살행 위다.

그래서 둘이 상의한 결과 각종 가게가 한 건물 안에 입점한 쇼 핑몰이 최적이라는 결론에 도달했다.

"휴일이라 사람이 엄청 많네. 얼굴 많이 노출 안 되게 조심해."

"알아. 하지만 오늘은 어지간한 일이 아닌 한 괜찮을 거야."

"그야 뭐……."

확실히 오늘의 그녀를 딱 보고 오토사키 레이라는 걸 알아차릴 수 있는 인간이 있다면 그건 같은 밀스타의 멤버인 미아와 카논 뿐일 거다.

그렇다면 주변 시선에 움찔거리면서 돌아다니지 않아도 되겠 지──.

쇼핑몰 앞에서 버스가 멈추자 우리는 인파를 따라 주차장 안에 있는 인도를 걸었다.

이 근방에서는 가장 큰 상업시설인 이곳은 여름방학 초반이기 도 한 만큼 학생이나 어린아이를 데려온 가족이 많았다. 주차장 이 거의 꽉 차서 자리가 나기를 기다리는 차가 어슬렁거리는 모 습이 인상적이었다.

"어디부터 갈까? 네 용건을 우선해도 되는데."

"그럼 1층 옷 가게부터 돌고 싶어."

"오케이."

잠시 레이를 앞세우고 나는 뒤에서 따라갔다.

옷에 그다지 까다롭지 않은 나는 평소 최대한 저렴한 가게에서 최대한 요란하지 않은 걸 고른다.

원래 절약하며 살던 인간이라 명품이네 뭐네 하는 거엔 도전하고 싶은 마음도 딱히 없었다.

반면 레이는 어느 정도 가격이 나가는 걸 입을 테지.

일단 이 쇼핑몰에도 명품점이 있을 텐데——.

"어? 여긴 유○클로잖아."

"맞아. 뭐 이상해?"

"아니, 좀 의외라서……."

레이가 가장 먼저 고른 가게는 서민의 친구 유○클로였다.

너무나도 친숙한 장소라서 솔직히 맥이 풀렸다.

"내복 같은 건 여기서 사. 싸고 예쁜 게 많으니까."

"……왠지 안심했어."

가게에 들어가자 나는 레이 뒤에서 그녀가 쇼핑하는 걸 지켜보았다.

선언한 대로 내복을 몇 벌 구매한 레이는 그대로 가게에서 나왔다.

"다음은 저기."

"그래."

흔히 여자는 쇼핑 시간이 길다고 하는데, 그건 레이도 예외가 아닌 모양이었다.

가게마다 직접 들어가서 옷을 슥 둘러보고 마음이 가는 걸 시착해본다.

그 후 만족스러운 건 사고, 마음에 드는 게 없을 때는 아무것도 사지 않고 나오기도 했다.

여자의 쇼핑이라는 말을 들을 때마다 귀찮을 것 같다고 생각했었다.

하지만 의외인 것이, 레이와의 이 시간은 전혀 지루하지 않았다.

오히려 다양한 옷을 입어보는 그녀를 볼 수 있다니 이득이라는 생각마저 들었다.

"린타로, 이거 어울려?"

시착실에서 나온 레이는 하얀 원피스를 입고 있었다.

눈앞에서 한 바퀴 돌자 스커트 자락이 둥실 날렸다.

잘 어울리긴 했지만, 그건 레이가 **지금 머리색**이기 때문인 건지도 모른다.

원래의 그녀를 떠올리면서 맞춰 보면──.

"으음……. 이거 전에 입었던 게 나는 더 좋았던 것 같아."

이 원피스 앞에 그녀가 보여준 옷은 무척 캐주얼한 스타일이었다.

검은색 민소매 위에 어깨가 노출되는 얇은 티셔츠를 입고, 아래는 데님 핫팬츠.

관능적인 다리가 보이는 만큼 내 단순한 눈에는 매력적으로 보였다.

참고로 나는 핫팬츠 취향이다.

──관심 없으려나.

"그래? 그럼 그거 살래."

"괜찮은 거냐? 내 의견 하나에 좌우되다니."

"괜찮아. 린타로가 어울린다고 말해준 게 제일 좋아."

반사적으로 몸부림치려는 마음을 필사적으로 붙잡아 평정을 유지했다.

착각하게 만드는 소리나 하고 말이야……. 이래서야 내가 못 버틴다고.

내가 좋다고 했던 옷을 구매한 레이가 다시 내 옆에 섰다.

"사 왔어. 그럼 가자."

"잠깐, 잠깐만…… 슬슬 내가 들게."

"어?"

레이가 든 몇 개의 쇼핑백을 옆에서 강탈했다.

옷이라고는 해도 숫자가 늘어나니 제법 묵직했다.

두 손에 분명한 무게를 느끼며 나는 앞을 보았다.

"자, 다음 가자."

"……응."

뭐냐고, 기뻐하는 표정을 짓고. 귀여운 자식.

결국 레이의 쇼핑은 한 시간 이상 이어졌다.

중간부터는 내 팔만으로는 손이 부족해져서 레이의 팔도 한쪽 팔이 구속당하는 상태가 되고 말았다.

다만 그녀는 만족스러워 보였다.

그나저나 레이가 계산하는 동안 다른 옷의 가격을 확인해 봤다.

……나 같은 남자는 절대 사지 않을 법한 가격이 적혀있었다는
건 말할 필요도 없겠지.

　　"내 쇼핑은 끝났어. 다음은 린타로 차례."

　　"그래. 뭐, 적당한 수영복을 하나 사면 끝이지만……."

　　여름이라 그런가 여러 가게에서 수영복을 할인하고 있었다.

　　저런 가게에서 적당히 싼 걸 하나 사면 충분하다.

　　"그럼 내가 골라도 돼?"

　　"상관없지만…… 삼각 수영복은 안 된다?"

　　"괜찮아. 그건 둘만 있을 때 보여달라고 할게. 밖에 갈 땐 안 입혀."

　　"너한테도 안 보여줄 거거든?"

　　내가 짧은 삼각 수영복을 입은 모습을 상상했다가 구역질이 치
밀었다.

　　응, 절대 안보여줘.

　　"평범하게 멋있는 걸로 골라줘. ……최대한 싸게."

　　"으음……. 알았어."

　　"왜 아쉬워하는 거냐."

　　이해할 수 없다.

　　뭐, 골라준다고 하니까 순순히 호의를 받아들이자.

　　수영복매장으로 이동해서 진열된 남성용 수영복을 구경했다.

　　──다 괜찮네.

　　"린타로, 이거 어때?"

　　"응?"

　　레이가 가져온 건 파란색 수영복이었다.

허리에서 묶는 끈은 하얀색이라서 대비감이 좋았다.

요란하지도 않고 내 취향이다.

"이거 좋네. 모처럼 골라줬으니까 이걸로 할게."

"응. 그럼 사 올게."

"잠깐 기다려! 왜 네가 사는 건데!"

"어? 그야 내가 골랐으니까……."

"그럼 지금까지 네가 산 옷 중에 몇 벌은 내가 사야 하거든?! 내 건 내가 사야지……."

레이는 조금 불만이라는 표정이었지만 이건 양보할 수 없다.

전업주부가 되면 결국 부인이 전부 사주게 될 테지만, 그건 그거고 이건 이거고.

"자, 이리 내."

레이에게서 수영복을 빼앗아 계산대로 가져갔다.

가격은 뭐 엄청 저렴하다고 할 정도는 아니었으나 비싸지도 않았다.

빠르게 계산을 마치고 레이에게 돌아갔다.

그러자 이번에는 여성용 수영복 앞에 선 그녀의 모습이 있었다.

"……뭐 해?"

"내 수영복 보고 있었어."

"필요해? 이번 촬영에선 스태프가 마련해주잖아?"

"린타로와 같이 목욕할 때 보여줄 거."

으응? 이 녀석 무슨 소리 하는 거냐?

"야, 무슨 소리야?"

머릿속에서 떠오른 말이 그대로 입 밖으로 튀어 나갔다.

레이는 눈앞에 진열된 수영복을 뜯어보며 아무렇지도 않다는 듯 대답했다.

"모처럼 린타로가 수영복을 샀으니까 그걸 처음 보는 건 내가 할래."

"음…… 그렇게 말해도 잘 이해가 안 가는데."

"그 수영복, 다음에 수영장 갈 때 니카이도에게 보여줄 거지?"

"어? 어, 어어…… 뭐 그렇게 되겠지?"

딱히 니카이도에게만 보여주는 건 아니지만.

"그건 좀 치사해. 그러니까 내가 먼저 린타로의 수영복 모습을 보지 않으면 손해야."

"저기, 그럼 목욕한다는 건?"

"수영복 하면 물이잖아."

으응? 이 녀석 무슨 소리 하는 거냐? (두 번째)

확실히 수영복을 보여준다는 시추에이션은 물이 있는 곳 말고는 거의 없을 테지만, 지금은 그런 걸 물어보는 게 아니다.

혼란에 빠진 나를 무시하고 적당한 수영복을 두 벌 든 레이는 각각 자신의 몸 앞으로 가져갔다.

"린타로, 어느 게 나아?"

"어, 어어……?"

당황하면서 두 개의 수영복을 비교했다.

한쪽은 하늘색 비키니.

더 자세하게 묘사하자면, 가슴 부분의 천을 목 앞에서 교차해

목뒤에서 고정하는 '홀터 크로스 비키니'라 불리는 수영복이다.

유즈키 선생님의 작업실에 잇던 자료에 그렇게 적혀있었으니 아마 틀림없다.

그리고 다른 하나는 극단적으로 천 면적이 적은 '마이크로 비키니'.

이쯤 되면 개그 소품으로밖에 보이지 않는 수영복을 왜 이 건전한 쇼핑몰에서 팔고 있는지 의문이지만, 적어도 지금 상황에서 선택지는 하나밖에 없었다.

"어…… 그 하늘색 비키니, 가 낫네."

"응. 그럼 이쪽으로 살게."

그 이상 뭐라고 말하기 전도 전에 레이는 그 수영복을 사버리고 말았다.

나는 상황을 제대로 파악하지 못한 채 그런 그녀를 맞았다.

"조금 피곤해. 돌아가기 전에 버블티 마시고 싶어."

"어, 응. 알았어."

"왜 그래?"

"아니…… 오랜만에 너와 대화가 안 통한다 싶어서."

아무튼 이해한 건, 레이가 내 수영복 모습을 가장 먼저 보기 위해 같이 수영복을 입고서 같이 목욕하고 싶은 모양이다.

아니, 정리해봐도 이해가 안 가는데.

아무튼 지금은 얌전히 레이를 따라가자. 어차피 농담일 테니까.

이번에 산 옷들을 덜렁거리며 우리는 쇼핑몰 안에 있는 버블티 가게로 향했다.

유행은 제법 잠잠해졌다고 하나 역시 학생들이 해방되는 휴일에는 상당한 대기 줄이 생겨 있었다.

"타피오카 펄은 전분이었던가. 무슨 식감이지?"

"먹어본 적 없어?"

"어. 실은 유행에 편승하지 않았거든. 한 번도 갈 기회가 없어서 오늘이 처음이야."

"그랬구나. 으음…… 쫀득쫀득?"

"네가 어휘력이 없다는 걸 잘 알겠어."

우리 차례가 오자 나는 모험도 하지 않고 가장 잘나가는 버블티를 주문했다.

반면 레이는 녹차 버블티를 골랐다. 그건 그거대로 맛있어 보였다.

"──으음, 그렇구나."

입에 들어간 타피오카 펄을 씹어 삼킨 뒤 그렇게 말을 흘렸다.

확실히 쫀득하다는 말이 제일 잘 어울린다. 내가 먹어본 감상만으로 말하자면 곤약에 가까운 식감이다.

다만 이건 소화가 잘 안 될 것 같은데…….

맛은 좋지만.

"마시써."

"……."

레이는 요란한 효과음이라도 들릴 듯 뺨을 빵빵하게 부풀리며 타피오카 펄을 씹고 있었다.

굉장한 얼굴이다. 도저히 슈퍼 국민 아이돌로 보이지 않는다.

"린타로, 그것도 마시고 싶어. 교환하자."

"자, 잠깐…… 그건————."

레이는 내 쪽으로 몸을 내밀더니 억지로 빨대를 물고 빨아 마셨다.

바닥에 가라앉아있던 타피오카 펄 중 몇 개가 빨대를 따라 레이의 입 안으로 들어갔다.

이 녀석, 요즘 너무 적극적인 거 아니야?

뭐, 이 정도의 간접 키스로도 동요하는 내가 연애 경험이 부족한 거고, 레이의 기준이 평범한 범주에 들어가는 건지도 모르겠다.

"음…… 맛있어."

"……그러냐."

"그럼 내 것도 줄게."

그렇게 말하며 레이는 음료를 나에게 내밀었다.

그녀의 눈이 기대로 물들어있다…….

거절은 허락하지 않을 셈이구나.

"————아, 알았어."

나는 지금까지 그녀가 마시던 빨대에 입을 대고 빨았다.

사건은 그때 일어났다.

묘하게 긴장했었기 때문인지 생각보다 힘차게 빨아들이고 만 내 입에 대량의 타피오카 펄이 날아왔다.

가까스로 기세에 맡겨서 삼키긴 했으나, 액체 쪽은 그렇지도 못해서 기도 쪽으로 인정사정없이 흘러 들어갔다.

콜록거리는 것과 동시에 입에서 녹차 버블티가 뚝뚝 흘렀다.

내 옷에 얼룩이 퍼지는 걸 보며 망했다는 감정이 치밀었다.

"괜찮아?"

"콜록…… 어, 어어. 문제없어."

"하지만……."

"잠깐 화장실에서 씻고 올게. 여기서 기다려."

면목 없는 얼굴인 레이를 그 자리에 남겨두고 근처 화장실을 찾았다.

좀 머네. 그래도 어쩔 수 없지.

잠시 걸어서 간신히 찾아낸 남자 화장실에 들어간 나는 칸 안에서 화장지를 조금 뜯어 수도꼭지 앞에 섰다.

마른 화장지를 옷 뒤에 댄 뒤 물에 적신 화장지로 표면을 가볍게 두드렸다. 바로 빨래하지 못하는 야외에서 할 수 있는 응급처치라고는 이 정도뿐이다.

"후우…… 조금은 빠졌나."

어느 정도 눈에 덜 띄게 된 걸 확인한 뒤 나는 새삼 조금 전 일을 떠올렸다.

누가 뭐라고 하든 간접 키스——였지.

자각할수록 얼굴이 뜨거워졌다.

"나도 아직 어린애구나……."

빨리 어른이 되고 싶다고 늘 바라고 있는데도 이런 일 하나에 동요한다. 아직 성장하지 못했다는 증거다.

'그 녀석과 오래 같이 지내다 보면…… 이 감정에도 익숙해져?'

거울에 비친, 평범한 고등학생에 불과한 시도 린타로에게 물었다.

당연히 대답은 돌아오지 않는다.

그런 내 행동이 바보 같아져서 코웃음 쳤다.

"주제 파악은 제대로 해야지."

손수건으로 손을 닦고 화장실에서 나왔다.

언젠가 이 관계가 끝을 맞이할 때, 괴로워지지 않도록 마음의 준비만큼은 해둘 생각이다.

너무 들떠서 지나치게 빠져버리는 것만큼은 싫다.

레이가 기다리는 장소까진 조금 거리가 있다.

나는 그녀를 혼자 두는 게 불안해서 살짝 빨리 걸어 돌아가기로 했다.

그러자──.

"너 꽤 예쁘잖아. 혼자야?"

와, 정말 뻔해라.

레이 앞에 두 명의 남자가 서 있었다.

머리카락을 염색하고 액세서리를 잔뜩 달고 있는 등, 항간에서 말하는 날티 나는 남자들. 두 사람은 벤치에 앉은 레이를 내려다보는 각도로 히죽히죽 천박한 미소를 짓고 있었다.

어딜 봐도 헌팅이다.

뭐, 마음은 이해하지 못하는 것도 아니다. 레이는 어느 각도에서 봐도 미소녀고, 혼자 있으면 요행을 바라며 말을 걸고 싶어질 만도 하지.

머리가 완전히 여름에 취해버린 저런 녀석들은 자제심이라는 걸 모른다.

보통은 폐가 될지도 모른다며 말을 걸지 않을 테지만 녀석들은 일종의 담력 시험 같은 감각으로 돌진한다.

그래서 악질이다.

"혼자 아니야. 컵 두 개 들고 있는 게 증거."

"다른 한 명은 여자애야? 그럼 2대 2라서 딱 좋잖아! 같이 카페 가자. 우리 대학생치곤 돈 많으니까 전부 사줄게."

레이의 말을 가로막듯이 떠들어대는 게 어떻게든 주도권을 넘기지 않을 생각인 모양이다.

그야 그렇겠지. 괜히 길게 끌면 경찰이나 경비원이 올 가능성도 있다. 성공하든 실패하든 단기전으로 끝내려는 거다.

유즈키 선생님의 작업실에서 일하고 돌아갈 때, 밤의 거리에서 저런 식으로 행인을 붙잡고 영업하는 남자를 본 적이 있다. 어쩌면 정말로 그런 쪽에서 아르바이트하는 건지도 모르지.

——아니, 냉정하게 분석하고 있을 때가 아닌가.

뭐라고 말하면서 치워버려야 하는지 고민하며 일단 레이에게 가기 위해 발을 움직였다.

"여자 아니야. 그런 게 아니어도 당신들하고 같이 있을 시간 없어."

"뭐야, 혹시 남자친구?"

"윽……."

그런 말이 들려서 내 발은 순간 멈춰버렸다.

레이는…… 뭐라고 대답할까.

"……응, 맞아. 남자친구 있어."

입꼬리가 올라갈 것 같은 고양감이 가슴속 깊은 곳에서 슬금슬금 치밀어 올랐다.

단순히 이 자리를 넘기기 위한 발언인데도 이 파괴력.

이런 안 된다. 중독될 것 같다.

그렇게 되기 전에 나는 도리질해서 그 감정을 털어냈다.

자 그럼, 그 오토사키 레이에게 이런 발언까지 하게 만들었다. 기쁘니 마니 하기 전에 우선은 구출해야지.

"……제 여자친구에게 뭐 볼일 있으세요?"

조금 과하게 폼을 잡은 건지도 모른다.

궁지라고 해도 될 수 있는 이 상황에서 내 얼굴은 쑥스러움으로 조금 구겨져 있었다.

"아…… 쳇, 귀찮게."

"가자."

"에이, '레이'를 닮아서 마음에 들었는데."

위험해라. 제대로 지능은 있는 녀석들이라 살았다.

오래 끌어봤자 무익하다고 판단한 모양이었다. 참으로 못마땅하다는 듯 나를 노려보며 두 남자는 우리 앞에서 떠나갔다.

"휴우. 문제는…… 없어 보이네."

"린타로, 고마워. 살았어."

"오히려 혼자 둬서 미안하다. 얼룩이 잘 안 빠져서."

"그것도 따지고 보면 나 때문이고……."

"그럼 쌍방과실인 걸로 해결 보자."

나는 그녀의 손에서 내 버블티를 받은 뒤 웃었다.

그런 나를 보며 레이도 안심한 듯 미소 지었다.

버블티를 다 마신 우리는 간단히 점심을 먹은 후 버스에 탔다.

버스를 타고 가며 대화도 없이 바깥 풍경에 시선을 던졌다.

나와 레이가 둘이 있을 때는 기본적으로 이런 스타일이다. 대화는 없고 각자 좋아하는 걸 한다.

레이는 스마트폰에 이어폰을 연결해서 음악을 듣고 있었다.

액정에는 처음 보는 밀스타의 곡명이 표시되어 있는데, 아마도 현재 그녀들이 연습하는 신곡인 모양이었다.

시간이 생기면 바로 연습에 활용하는 그 자세는, 내 기준엔 호감도가 올라가는 성실성이다.

종종 데이트 중에 스마트폰을 만지는 걸 놓고 찬반양론이 일어나는 걸 듣는데 나한테는 같이 있을 때 딱히 다른 걸 하든 말든 상관없다.

나와 있는 게 지루한 건지도 모른다고 짐작하게 되는 마음은 이해하지만, 레이에게는 그런 게 없었다.

나도 레이도 이런 시간을 좋아한다.

상대방이 내 세계의 일부가 되어있는 듯한, 신경 쓸 필요도 없는 듯한 거리감. 이걸 느낄 수 잇는 상대는 정말로 귀중하다.

그 거리감에 있는 상대는 레이를 제외한다면 이나바 유키오도 해당된다.

나는 그런 녀석들을 소중히 여기고 싶다.

"……린타로."

"응?"

갑자기 이름을 부르는 목소리에 레이 쪽으로 고개를 돌렸다.

레이는 이어폰을 빼고 내 눈을 가만히 쳐다보고 있었다.

"내가 남자친구라고 한 거 안 싫어?"

"뭐야, 갑자기."

"좀…… 궁금해서."

레이는 어딘가 어두운 얼굴로 시선을 돌렸다.

궁금한 마음은 이해한다. 나도 수족관에 간 날에 레이를 거짓 말이긴 해도 여자친구라고 표현했을 때 같은 표정이었을 거다.

그렇기에 나는 그때 레이가 돌려준 대답을 그대로 빌렸다.

"상관없어. 싫지 않으니까."

"아…… ."

카운터가 잘 먹혔단 의미를 담아 씩 웃자 레이도 안심한 듯 눈 꼬리를 접었다.

"게다가 그 상황에선 그게 제일 정답이었을걸. 그런 녀석들에 겐 대화가 계속 이어질 법한 대답은 금물이야. 어떻게든 기회를 노리려고 더 적극적으로 나오니까. 다가오지 못하도록 확실하게 말하는 게 최적이지."

"응. 다음부터도 제대로, 확실하게 말할래."

"현명하네. 아니, 아이돌인데도 헌팅당하고 그래? 연예인에게 말을 거는 건 제법 무모한 짓인 것 같은데."

"의외로 말을 붙여. '레이'라는 걸 눈치채지 못하고 접근하는 사 람도 있고, 눈치채고서 접근하는 사람도 있어. 아마 아직 고등학생이라고 쉽게 보는 것 같아."

미성년자일 때는 어쩔 수 없이 어른의 말을 들어야만 하니, 그런 부분을 노리고 이용하려는 녀석도 많이 있을 거다.

잘 알아보려고 하지 않는다면 그녀들은 구름 위의 존재이자 성공한 인생. 하지만 실상은 온갖 노력과 역경 위에 서서 남들보다 더 고생하는 사람들이다.

그렇기에 나는 존경은 해도 동경은 하지 않는다.

"예쁘게 생긴 것도 의외로 고생이구나."

"린타로가 예쁘다고 해줘서 기뻐."

"그러냐. 한 번에 100엔으로 얼마든지 말해주마."

"10만엔 내면 몇 번 말해줄 거야?"

"······천 번?"

"그럼 그걸로."

"농담이야. 돈을 어떻게 받냐."

"그럼 공짜로 말해주는 거야?"

"진심으로 그렇게 느꼈을 때만."

"그럼 노력할게."

"그래라."

이렇게 말했지만 결국 막상 말할 때가 온다면 쑥스러워하겠지. 하지만 선언해버린 이상은 나도 각오를 굳혀야 할 것이다.

오토사키 레이가 원하는 것을 이뤄주는 게 지금의 내 역할이니까.

"응····· 조금 졸려."

"어?"

내 어깨에 조심스러운 무게가 실렸다.

가까이 다가온 그녀의 얼굴을 보고 나는 무심코 숨을 삼켰다.

이 녀석 진짜 어딜 봐도 미소녀구나. 얼굴 도형만으로도 미술품 이상의 가치가 있을 것 같다.

"카논에게 들었어. 린타로의 어깨는 5분까지라면 빌릴 수 있다고."

"그 자식 무슨 소릴 한 거야……."

카논의 속마음을 들었던 때. 나는 확실히 그녀에게 5분 동안 어깨를 빌려줬다.

딱히 숨길만 한 일도 아니지만 어째서인지 조금 거북하다.

"린타로."

"왜."

"나한테는 몇 분 빌려줄 거야?"

"……졸리다며? 그럼 역에 도착할 때까지는 빌려주마. 마침 앞으로 20분 정도 남았네."

"그렇구나……. 지금은…… 그걸로 됐어."

레이의 목소리는 점점 작아지더니 이윽고 숨소리로 바뀌었다.

나에게 기대어 새근새근 잠든 그녀를 보고 나는 내심 머리를 부여잡았다.

'그러니까…… 너무 무방비하다고.'

건드리려고 마음만 먹으면 건드릴 수 있을 만큼 가까운 위치에 그 오토사키 레이가 있다.

주름도 잡티도 하나도 없는 깨끗한 피부에 긴 속눈썹. 얼굴 조형이 무시무시할 정도로 반듯해서 단점이 보이지 않는다. 체형도 일본인답지 않게 성숙해서 가슴께가 벌어진 옷을 입은 것도 아닌데도 가슴골이 살짝 보였다. 이만큼 크면 그렇게 되어도 어쩔 수 없을 테지. 분명.

버스가 멈추고 정거장에서 새 승객이 올라탔다.

빈자리가 없어서 서서 가게 된 그 남자는 아마도 무의식중에 잠든 레이의 가슴께로 시선을 보냈다.

그 순간 마음속에서 불타는 듯한 혐오감이 치밀었다.

나는 바지 주머니에서 손수건을 꺼내 레이의 가슴께에 올려놨다.

아까 옷에 생긴 얼룩을 빼고 손을 닦은 녀석이긴 하지만 그걸 신경 쓸 여유는 없다.

그렇게 가슴을 보지 못하게 된 남자는 어딘가 불만이라는 듯, 그리고 그걸 들키지 않도록 하면서 시선을 돌렸다.

남자를 비난할 마음은 없다. 나도 한 번은 남자의 본능에 따라 봐 버렸으니까. 적어도 나에게는 비난할 권리가 없다.

다만, 그렇게 생각하면서도 자유롭게 보게 놔둘 수는 없었다.

"이럴 때 정도는 독점하게 해달라고……."

남자에게 들리지 않도록 작게 중얼거렸다.

——레이가 움찔거린 듯한 느낌이 들었다.

그걸 눈치채지 못한 척하며 다시 창밖으로 시선을 던졌다.

오늘의 하늘은 어째서인지 여름이라는 걸 생생히 알 수 있는 군청색이었다.

◇ ◆ ◇

"레이. 일어나."

"응…… 끄응."

어깨에 놓인 레이의 머리를 어깨째로 세게 흔들었다.

아직 졸린 듯한 그녀는 주위를 두리번두리번 둘러본 후 내 얼굴을 봤다.

"……어디야?"

"버스 안. 자, 곧 역에 도착하니까 정신 차려."

"응…… 아, 그랬지."

이쯤에서 의식이 또렷해진 레이는 상황을 파악하고 짐을 챙겼다.

나도 마찬가지로 옷이 담긴 쇼핑백을 두 손으로 들고 버스에서 내릴 준비를 했다.

하차 벨을 누르고 잠시 후. 역 앞 버스 정거장에 도착한 우리는 서둘러 버스에서 내렸다.

"역 앞으로 돌아왔는데, 또 뭐 살 거 있어?"

"아니, 이 이상은 들지도 못하니까 얌전히 돌아가자. 식재료도 최대한 외출하지 않아도 괜찮도록 미리 사 놨어."

"응, 이 더위에 그건 현명한 선택."

우리는 뜨끈뜨끈한 아스팔트에 고통스러워하며 어떻게든 맨션으로 귀환했다.

우선 짐을 내려놓기 위해 레이의 집에 들어가야 한다.

현관문을 연 레이를 따라 안으로 들어갔다.

말할 것도 없겠지만 레이의 집은 내 집과 같은 구조다.

게다가 청소하기 위해 몇 번 들어온 적이 있으니 신선함 같은 건 1밀리미터도 존재하지 않는다.

"최근엔 별로 안 돌아와서 아직 깨끗하구나."

"응. 더러워질 여지가 없어."

실내 풍경은 지난번에 청소했을 때와 별로 달라진 게 없었다.

페트병과 주스 캔 몇 개가 테이블 위에 놓여있는 정도고 어지럽혀졌다는 인상은 일절 없다.

내가 정기적으로 청소하고 있으니 그도 당연하다.

사실은 괴멸적으로 혼자 사는 데 적성이 없는 그녀를 방치했다간 쓰레기 집이 될 게 눈에 선하다.

"옷은 어디에 둬?"

"아, 가능하면 서랍장에 넣어줘."

"오냐."

나는 침실에 놓여있는 의복 서랍장을 열어 세심하게 옷을 넣었다. 물론 가격표는 떼고.

"다 끝났어."

"고마워, 거기까지 해 주고."

"괜찮아. 아무튼 오늘은 네 남자친구니까. 여자친구의 부탁은 들어줘야지."

막 이러고──.

그렇게 농담을 던지자 그녀는 뜻밖에 생각에 잠기는 듯한 표정이 되었다.

버스 안에서 한 대화를 조금 끌고 온 것뿐이었는데 뭔가 이상했나?

"……그럼 오늘은 부탁하면 들어줄 거야?"

"어?"

"꼭 들어줬으면 하는 게 하나 있는데."

——응, 불길한 예감.

"같이 목욕해줘."

불길한 예감은 바로 적중했다.

"그거 아까 수영복 입고 목욕하잔 그 얘기?"

"응. 다른 사람이 보기 전에 린타로의 수영복 보습을 보고 싶어. 그리고 모처럼이니까 등을 밀어주고 싶어."

"그게 무슨 의미가 있는 건데……."

"자기만족."

"그러십니까."

강렬한 단어구나, 자기만족. 나도 앞으로 써먹을까.

"해 줄 거야?"

"……알았어. 어차피 수영복이니까. 보여준다고 해도 아무렇지도 않지."

"그럼 저녁 먹고 같이 목욕."

"오냐. 나 원, 남자의 수영복 모습이 뭐가 좋다고."

본래 이런 상황은 나한테 이득이 더 크다.

인기 아이돌의 수영복 모습을 코앞에서 볼 수 있으니까.

열성 팬이라면 일해서 번 한 달 치 월급을 전부 바쳐서라도 보고 싶어 하겠지.

그걸 아이돌 쪽에서, 그것도 무료로 제안했으니…… 이쯤 되면 이득을 넘어서 수상한 수준이다.

"아, 참고로 오늘 저녁은 히야시츄카로 할 생각인데 평범한 간장 소스파인지 참깨 소스파인지 물어봐도 돼?"

"간장파."

"오케이. 그럼 그걸로 준비할게."

오늘 밤의 빅 이벤트에서 의식을 돌리기 위한 대화를 끼워 넣으며 둘이 함께 내 집으로 이동했다.

휴일에는 기본적으로 내 집에 둘이 같이 있을 때가 많다.

딱히 뭘 하는 것도 아니고 그냥 드라마를 보거나 각자 다른 만화를 읽거나 한다.

다만 오늘은 뭘 봐도 머릿속에 들어오지 않았다.

누군가와 같이 목욕하는 건 중학교 수학여행 이후 처음이다.

심지어 상대가 여자라니── 아아, 뭔가 나쁜 짓을 하는 듯한 기분이다.

길게도 짧게도 느껴지던 시간이 지나가 이윽고 저녁 식사마저 끝나버린 뒤, 나는 세면실에 우두커니 서 있었다.

옷은 이미 벗었고 하반신엔 오늘 산 수영복만 존재했다.

"……진짜 이 상황 뭐지."

세면대에 딸린 거울에 비친 나를 보고 무심코 그렇게 중얼거렸다.

이것만이라면 새 수영복이 자신에게 어울리는지 아닌지 입어 보는 남자로 보인다. 하지만 지금부터 일어나는 건 내 인생에서 결코 일어날 리가 없었던 터무니없는 이벤트다.

솔직히 아직 머릿속이 정리되지 않았다.

"──린타로, 들어가도 돼?"

"흐업…… 드, 들어와."

이런, 이상한 소리 냈잖아.

마구 당황하는 나를 무시한 채 복도와 세면실 사이의 문이 열렸다.

그곳으로 들어온 사람은 너무나도 아름다운 한 명의 여성.

"……새삼스럽지만 조금 부끄러워."

그럼 때려치우지 그러냐──라는 생각이 들었지만 이미 늦었다.

예술품이라고밖에 표현할 길이 없는 살색의 팔다리는 길쭉하게 뻗어 가느다란 인상을 주면서도 허벅지 같은 곳에는 부드러워 보이는 살집이 잘 붙어 있다.

그리고 가장 무시무시한 건 가슴.

'홀터 크로스 비키니'가 아래에서 받쳐 들어 올린 흉부의 지방은 깊숙한 가슴골을 보란듯이 강조하고 있었다.

이건 안 된다. 눈에 독극물을 직접 주입하고 있다.

표준어로 말하면 위험하다. 속어로 말하자면 미쳤다.

응? 미쳤다가 속어던가? 생각해라, 쓸데없는 생각을 해라.

으그극, 살려줘.

"린타로, 긴장했어?"

"당연하옵나이다."

"왜 사극 말투……?"

이쯤 되니 내가 무슨 소릴 하고 있는지도 모르겠다.

아무튼 빠르게 끝내는 게 최선이다. 그게 내 정신을 보호하는 가장 좋은 방법이다.

둘이 함께 욕실에 들어가 여름인 만큼 조금 미지근하게 설정한 샤워를 틀었다. 그러자 레이가 거치대에서 샤워기를 빼더니 내 발에 물을 맞히기 시작했다.

"안 차가워?"

"어, 어어……."

"그렇구나."

발치에서부터 위쪽으로 샤워기가 올라왔다.

어깨까지 도달하자 물이 닿는 부분을 레이의 손이 살며시 쓰다듬었다.

"흑——."

"아, 간지러웠어?"

"아, 아니……. 깜짝 놀란 것뿐이야."

왜 만지는데? 아니, 아까 등 밀어주고 싶다고 하긴 했었지.

뭘까. 점점 위험한 가게에 와 버린 기분이 든다.

물론 경험은 없지만, 아마도 이 배덕감은 고등학생의 몸으로 경험해도 되는 종류가 아니다.

너무나도 나쁜 짓을 하는 듯한 기분이 들어서, 오히려 여기서 밀스타 팬에게 칼침을 맞는 게 인류에게 도움이 되는 게 아닌가

하는 생각이 들었다.

그 전에 이 상황이 주는 부담을 견디지 못하고 심장이 멈출 가능성이 있지만.

"머리 감겨도 돼?"

"……하, 하든가."

페이스를 되찾을 기력조차 솟아나지 않았다.

레이는 나를 욕실에 있는 플라스틱 의자에 앉힌 뒤 내 머리에 물을 뿌렸다.

눈을 감고 기다리자 가느다란 손가락이 샴푸를 받아서 머리카락 사이로 파고들었다.

오싹한 쾌감이 몸을 타고 흘렀다.

미용실에서 머리카락을 감겨주는 걸 비교적 좋아하는 나로서는 이런 자극에 아무튼 약하다.

미용사만 한 기술은 당연히 없지만, 그래도 레이가 머리카락을 감겨준다고 생각하기만 해도 그와는 비교가 되지 않을 만큼 감각이 날카로워졌다.

"헹굴게."

목소리가 나오지 않아 나는 고개를 끄덕일 수밖에 없었다.

미지근한 물이 머리를 쓸고 가자 배수구로 거품이 흘러갔다.

이윽고 눈을 뜰 수 있게 되었는데, 곧바로 후회했다.

내 뒤에 선 레이의 모습이 거울 너머로 새삼 시야에 들어왔다.

물에 젖은 그녀의 비키니가 피부에 딱 달라붙어서 요염함을 강조했다.

이 여자는 날 죽이고 싶은 건가?

"다음은 등."

"네."

친구 집에 맡겨진 고양이가 딱 이럴까.

나는 그저 얌전히 따르면서 이 시간이 빠르게 지나가길 기도했다.

"린타로, 의외로 몸이 탄탄해. 옷 입었을 때와는 인상이 좀 달라."

"뭐, 뭐어…… 전업주부는 생각보다 중노동이기도 하고, 가끔 몸을 움직이고 싶어서 근육 트레이닝도 하니까……."

부활동에 소속되지 않은 만큼 체육 수업으로는 충족할 수 없는 운동을 집에서 할 때가 있다.

운동 부족을 두려워하다니 나이 먹은 사람 같다는 생각도 들지만, 어디 아플 때 의지할 수 있는 인간이 없었던 만큼 어쩔 수 없다.

간병해 주는 사람이 없으니 애초에 아프지 않도록 건강관리를 잘할 수밖에 없다.

"등도 넓어. 씻기는 보람이 있어."

레이는 보디소프를 짜더니 손바닥으로 비벼 거품을 냈다.

——잠깐, 왜 샤워타올을 안 쓰는 거야? 바로 저기에 걸려있는데.

"……가만히 있어."

착. 등에 그녀의 손이 닿았다.

잠깐, 잠깐잠깐잠깐잠깐잠깐.

그만두게 하고 싶은데 격심한 동요에 목소리가 나오지 않는다.

그러는 사이에도 레이의 손이 미끈미끈 움직였다.

머리를 감겨줄 때보다 더 큰 쾌감이 전신을 휩쓸며 한숨이 새어나갔다.

역시 나 오늘 죽는 거 아니야?

"기분 좋아?"

가까스로 목을 움직여 아래로 까딱였다.

그건 이미 반사 운동이었다. 그리고 여기서 고개를 끄덕여버리는 바람에 레이의 행동을 한층 부추기게 되었다.

"──그럼 이건?"

말랑.

의태어로 표현하자면 그런 느낌.

등의 넓은 면적에 물과는 또 다른 온도가 퍼졌다.

피부다. 나보다 조금 체온이 높다.

그리고 등에서 유연하게 형태를 바꾸는 이 물체는, 아마도 레이의 가슴────.

"──아아아아아아아아아아! 이건 안 돼!"

"앗."

결국 한계점을 넘어버린 나는 그녀를 떼어내려고 그 자리에서 일어났다.

……그게 오판이었다.

힘차게 일어난 나는 바닥에 흐른 거품 때문에 균형이 무너졌다.

반사적으로 손을 짚어 몸을 보호하려고 했지만 반전한 몸 앞에는 레이의 모습이 있었다.

오산을 자각했지만 이미 늦었다. 내 몸은 그대로 레이와 함께 쓰러졌다.

"⋯⋯⋯⋯미안."

"⋯⋯."

가까스로 팔로 짚은 내 몸 아래에는 어안이 벙벙한 표정인 레이가 있었다.

구도만 따지면 내가 레이를 자빠뜨린 것처럼 보이겠지.

응, 할복 말고는 할 수 있는 게 없는 것 같다.

"⋯⋯린타로, 안 다쳤어?"

"어, 어어."

"그럼, 다행이다."

그렇게 말하며 평정을 가장하고 있지만 레이의 얼굴은 대놓고 빨개져 있었다.

부끄러운 듯 시선이 방황하는 그녀를 보고 내 머릿속에 의문이 하나 떠올랐다.

왜 레이는 갑자기 이런 행동을 한 거지?

원래 엉뚱한 여자애라 중간까지 받아들이고 말았다.

하지만 이 쑥스러워하는 모습에는 묘한 위화감이 느껴진다.

어쩌면, 정말로 어쩌면.

"너 누구한테 무슨 소리 들었어?"

"⋯⋯아닙니다."

"아무리 그래도 너무 대놓고 보이잖아!"

역시 레이를 부추긴 누군가가 있다.

이런 짓을 할 만한 후보가 딱 한 명 있다.

자주 놀리는 듯한 언동을 던지는 밀스타의 쿨 담당──.

아무래도 **그 여자**에게 한번 단호하게 말할 필요가 있을 것 같다.

◇ ◆ ◇

시종 부끄러워하던 레이가 방으로 돌아간 뒤 나는 소파 위에서 잠시 스마트폰을 만졌다.

『할 말이 있어.』

그런 메시지를 미아에게 보냈다.

그로부터 10분 뒤, 인터폰이 울리자 나는 현관으로 향했다.

"……왔냐."

"갑자기 무슨 일이야? 이런 밤에 집에 여자를 부르다니."

문 너머에 있는 건 레이와는 또 다른 타입으로 수려한 미모의 여자였다.

우가와 미아. 다르게 표현하자면, 밀피유 스타즈의 미아.

그녀는 어깨 부근에서 바깥 방향으로 뻗치게 세팅한 자신의 검은 머리카락을 만지작거리며 어딘가 유쾌하다는 얼굴로 나를 바라봤다.

"우선 안으로 들어와. 네게 물어봐야 하는 게 이것저것 있거든……."

"너무 엉큼한 질문은 사양해줘."

"머리카락 하나하나에 마요네즈를 발라서 핥아주랴?"

"독특한 벌칙이네, 그거."

미아를 끌고 거실로 돌아왔다.

그래도 소파에 앉힌 다음 미리 준비해놨던 블랙커피를 테이블에 내려놨다.

"어라? 혼날 줄 알았는데 의외로 대접해주네?"

"뭐, 화난 건 아니니까. 커피도 주지 않을 만큼 쪼잔하지도 않아."

"흐응……. 그럼 사양하지 않고 잘 마실게."

나는 커피를 마시는 그녀 옆에 앉아 말을 꺼내기 전에 한숨을 한 번 쉬었다.

"후우……. 너 말인데."

"응."

"레이에게 이상한 조언 했지?"

"으음…… 뭐, 눈치챌 만도 하지."

미아는 뻔뻔하게 미소를 지었다.

나는 그런 미아를 앞에 두고 황당해져서 또다시 한숨을 쉬었다.

"그게 말이지, 레이가 린타로의 수영복 모습을 합법적으로 보고 싶다고 하길래 소소한 조언을 건넸어. 같이 목욕하면 되지 않냐고. 겸사겸사 몸도 밀착하면 한 방에 넘어올 거라고."

"한 방에 넘어갈 필요는 없잖아……. 너의 그 조언 때문에 얼마나 고생이었는지."

"흐응? 고생이라. 하지만 그 나이의 남자에겐 기쁜 이벤트 아니었어?"

"뭐, 그건 부정 안 하지."

"어라? 의외로 그건 솔직하네."

그 상황에 기뻐하는 건 일반적인 남자의 정상적인 반응이라고 본다.

따라서 괜히 숨기진 않는다.

"참고로 쇼핑 데이트도 잘 즐겼어? 간접 키스로 끌고 가는 테크닉도 가르쳐줬는데."

"그것도 네가 범인이었냐?!"

"아쉽게도 레이는 그런 연애 기술은 거의 모르니까. 가르치는 보람이 있어서 재미있었지. ⋯⋯이런 소릴 해놓고 나도 실제로 써본 적은 없었지만."

"마왕 같은 여자구나, 너⋯⋯."

"칭찬으로 받아들일게."

미아는 내 앞에서 킬킬 웃었다.

즐거워 보이는 그녀를 보며 내 안에 있던 독기가 슥 빠져나갔다.

이 녀석도 이 녀석대로 미워할 수 없다니까⋯⋯. 정말이지.

"결국 너는 전체적으로 즐긴 거야?"

"으음⋯⋯ 그래. 즐거웠어."

"그럼 그런 데이트를 연출한 나에게 소소한 보상이 있어도 되지 않을까?"

"어? 왜 너한테──."

내 말을 가로막듯 미아는 등 뒤에 숨기고 있었던 듯한 무언가를 불쑥 눈앞으로 내밀었다.

그건 한 권의 노트와 영어 문제집이었다.

"영어 숙제 가르쳐주지 않을래?"

"⋯⋯직접 해."

"그런 말 하지 말고. 린타로는 성적 좋잖아? 풀이법 같은 걸 가르쳐줬으면 하는데."

영어라.

확실히 못 하는 건 아니지만, 가르쳐줄 수 있을 만큼 열심히 하냐면 그건 아니다.

다만 나 자신이 이 자리에서 곤란한 요청도 아니니, 일단 문제집을 본 뒤에 받아들일지 말지 정하면 되겠지.

"그럼 문제집 좀 보여줘."

"알았어."

미아에게서 영어 문제집을 받아 팔락팔락 내용을 훑어보았다.

다른 학교에 다니는 만큼 당연히 내가 아는 문제집과는 조금 다른 형식의 문제들이었다. 하지만 그 문제 자체는 어렵지 않았다.

기본적인 구문만 외우면 나라도 어떻게든 되겠지.

"이거라면 가르쳐주지 못할 건 아니네. 당분간은 할 수 있을 거야."

"고마워, 살았어. 올해 들어서 수업을 빠지는 날이 꽤 많다 보니 모르는 부분이 자꾸 생겼거든."

연예계 활동과 학업을 양립하는 건 상당히 어려울 테지.

그렇게 노력하는 사람을 돕는 게 나쁜 일일 리 없다.

"그럼 이 페이지부터 부탁해도 돼?"

"어, 그럼 여기 번역은——."

이렇게 느닷없이 한밤중의 스터디가 시작되었다.

미아가 다니는 학교는 딱히 편차치가 낮은 건 아니기 때문에 특별히 가르치지 않아도 술술 문제를 풀어나갔다.

때때로 수업에서 배우지 못했던 부분은 막혔지만 그때마다 정성껏 가르쳤다. 그래도 바로 이해해주었기 때문에 내 고생 자체는 별로 없었다.

"……있잖아."

"왜?"

"왜 그렇게 열심히 하는 거야?"

"학생이 열심히 공부하는 건 당연한 거 아닐까."

그건 그렇지.

하지만 지금 물어보고 싶은 건 그런 게 아니라──.

"무슨 말을 하고 싶은 건지는 알아. 아이돌로서 이만큼 성공했는데 왜 공부하냐는 거지?"

"뭐, 단적으로 말하자면 그렇지."

아이돌로서 이렇게까지 인기를 확보했다면 이젠 학교에 계속 다니는 의미도 없는 게 아닐까?

하지만 밀스타 세 사람은 그러고도 계속 학교에 다녔다. 그것도 열심히.

"나는 역시 고등학교 정도는 졸업하고 싶다는 마음이 강하기 때문이려나. 우리가 쌓아 올린 건 작은 계기로도 쉽게 무너질지 모르는 거잖아? 보험이라고 말하는 게 가장 적절할지도."

"……맞는 말이네."

"이건 셋 다 같은 생각일 거야. ……그리고 여기서부터는 내 개인적인 이유."

먼 곳을 보는 듯한 눈빛이 된 그녀는 어딘가 차분한 목소리로 말을 이었다.

"나는 딱히 모든 과목을 열심히 하는 건 아니야. 꼭 배우고 싶은 건 영어뿐이지."

"영어뿐?"

"응. 영어를 능숙하게 쓰고 싶어. 장래에 해외에서 생활할 수 있도록."

그 말은 나에게는 충격적이라서 말문이 막혔다.

"아직 구체적인 장래 계획은 없지만, 해외에서 활동할 수 있는 사람이 되고 싶어. 배우든, 가수든, 다른 것도 괜찮고."

"그건…… 커다란 꿈이네."

"그렇지. 어머니의 영향이려나……. 언제부터인가 계속 그런 꿈을 꿨어."

미아의 어머니는 유명한 배우라고 들었다.

TV를 전혀 보지 않는 게 아닌 내가 이름을 모르는 걸 보면, 어쩌면 해외에서 활동하는 사람인 건지도 모른다. 그렇다면 영향을 받았다는 이야기도 이해가 갔다.

"저기, 린타로는 전업주부가 목표지?"

"응? 뭐 그렇지."

"그럼 날 따라오지 않을래?"

그녀와 시선을 맞추고 시간이 뚝 멈췄다.

이윽고 미아가 하는 말을 이해한 나는 농담이라고 생각하고 웃어넘겼다.

"하이고, 네가 5, 6년 뒤에 내 신부가 된다면 어디든 따라가 주마. 사랑하는 사람에게 헌신하는 게 내가 생각하는 전업주부의 길이니까."

"오, 그럼 의외로 장벽이 낮네."

"그건 너 하기에 달렸지. 나는 나를 바꿀 마음은 없고, 굳이 맞출 생각도 없으니까."

나 자신을 굽혀서라도 같이 있고 싶은 상대가 나타난다면 그건 내가 내 인생 전부를 걸고서 같이 있고 싶은 상대다. 그런 사대를 그리 쉽게 만날 수 있을 리 없다. 오히려 쉽게 만나면 억울하다.

일시적인 감정만으로 무언가를 정하지 않도록 나는 하루하루 냉정하게 생활한다.

……뭐, 이미 냉정함은 신나게 날아가고 있지만.

자각은 있다.

"후후, 너다워. ……누구 한 명 아는 사람이 없는 땅에서 단둘이 사는 것도 나쁘지 않을지도."

"……무슨 일 있었어?"

말투와는 반대로 수심에 잠긴 표정에 나도 모르게 심도 있는 질문이 날아갔다.

하지만 미아는 그저 고개를 저었다.

"그냥, 아무것도 아니야. 정말로."

"……그러냐."

잠시 샤프가 움직이는 소리만이 들렸다.

『그냥, 아무것도 아니야.』

그 말은 **전례가 있는** 나에게는 이렇게 들렸다.

『네가 할 수 있는 일은 아무것도 없어』──라고.

나는 호인이 아니다.

귀찮은 일엔 얽히기 싫고, 관여하면 무슨 일이든 깔끔하게 해결할 수 있는 초월자도 아니다.

그러니 오늘은 이 이상 파고들지 않았다.

언젠가 내가 정말로 기댈 만한 사람이라고 인정받는 날이 온다면 이야기를 들을 수 있을까──.

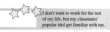

어째서 나는 이런 곳에 있는 걸까.

조금 전부터 계속 그런 생각을 하고 있다.

눈 앞에 펼쳐진, 맨살을 드러내며 즐거워하는 인간들과 투명한 물이 가득 담긴 광활한 수영장.

따가울 정도로 강렬한 여름 햇살을 전신으로 받아내며 나는 벌써 여기에 온 걸 후회하기 시작했다.

"어떠냐! 유스케! 린타로! 나의 이 단련된 육체미가!"

"그래. 부끄러우니까 진정해, 류지."

나와 같은 수영장 풀 사이드에 서 있는 건 같은 반의 도모토 류지와 카키하라 유스케.

오늘은 이 일당들의 권유로 수영장에 왔다.

레이에게 수영복 보여주기를 마친 나는 마침내 이 각양각색의 풀이 있는 대형시설에 올 수 있었다.

"도모토—— 아니지, 류지는 유도부였지. 역시 운동량이 다른 걸까."

"그렇게 말하는 린타로도 귀가부인 것치곤 탄탄하잖아! 지금부터라도 유도부에 들어오지 않을래?"

"아니, 경기하는 운동은 조금."

아까부터 수시로 멋진 포즈를 취하는 도모토의 권유를 완곡하게 거절했다.

딱히 유도라서 싫다거나 그런 건 아니다.

원래 유즈키 선생님 밑에서 아르바이트한다는 사정도 있지만, 지금은 거기에 추가로 레이를 돌보는 일도 있다. 부활동에 가입할 수 없는 사정이 넘쳐난다.

"그나저나 두 사람 늦네……."

"어쩔 수 없지 않을까. 여성은 준비에 시간이 걸린다고 하니까."

"그러게……."

이미 수영복으로 갈아입은 우리는 이 풀 사이드에서 탈의실에서 나올 여성진을 기다리고 있었다.

물론 그 여성진이란 니카이도 아즈사와 노기 호노카다.

"오, 왔다!"

도모토의 목소리에 고개를 들자 마침 탈의실에서 아는 얼굴 두 명이 나왔다.

옆에서 카키하라가 넋을 놓은 기척이 느껴졌다.

"기, 기다렸지?"

"미안해! 선크림 바른다고 시간이 걸려서!"

니카이도는 하늘색과 하얀색 프릴이 달린 비키니. 그리고 노기는 노란색 오프숄더 타입 비키니를 입었다.

둘 다 옷걸이가 좋아서 아주 잘 어울렸다.

특히 카키하라에게는 치명타였겠지.

"자, 잘 어울려. 아즈사."

"그래……? 고마워, 조금 안심했어."

안도한 듯 가슴을 쓸어내리는 니카이도 옆에서 노기가 소리쳤다.

"뭐야! 아즈링만?! 나는? 나는!"

"무, 물론! 호노카도 잘 어울려."

"히히, 그렇지?"

재촉하긴 했지만, 노기도 카키하라의 칭찬에 기분이 좋은 모양이었다.

실제로 카키하라의 대답에 거짓말은 하나도 없을 거다.

다만 그의 시선은 아까부터 니카이도 쪽으로 힐끔힐끔 빨려 들어가고 있었다. 참으로 노골적이구나——.

"시…… 시도!"

"응?"

불길한 예감을 받으며 나를 부른 니카이도 쪽으로 시선을 돌렸다.

그녀는 상당히 수줍어하는 표정으로 우물쭈물 손을 비비적거리고 있었다.

"어울, 려……?"

"어, 어어! 응, 아주 어울려. 프릴이 팔랑거려서 귀엽네."

"! 다행이다……. 시도가 어떤 걸 좋아하는지 전혀 몰라서 무척 고민했거든."

야야, 멈춰. 여기서 그런 소리 하지 마. 카키하라가 무시무시한 얼굴로 이쪽을 쳐다보고 있으니까.

"얘들아! 저쪽 풀에서 시합하자!"

도모토, 너는 진짜 아무 생각이 없구나.

"좋아! 진 사람이 노점에서 야키소바 사는 걸로!"

"오! 좋은데! 대환영이야!"

왜냐. 하기 싫다고.

의욕이 넘치는 두 사람은 우리의 마음 같은 건 신경도 쓰지 않고 25미터 풀로 향했다.

남은 건 거북한 분위기인 우리 세 사람이었는데, 이렇게 된 이상 내키진 않지만 나도 도모토와 노기 쪽에 끼어야 한다. 그러면 운동을 못 하는 니카이도는 여기에 남을 테니까 카키하라와 둘만 있게 해줄 수 있다.

"그럼 나도——."

"시합이라고 하면…… 왠지 끼고 싶어진단 말이지."

"어……?! 잠깐!"

"류지! 호노카! 기다려!"

이 바보 자시이이이익! 왜 네가 가는 거냐 카키하라아아아!

너 니카이도와 단둘이 있고 싶었던 거 아니었어?! 어필하고 싶지 않은 거야?!

대놓고 말은 안 하겠지만 아마 그런 점일 거다 카키하라아아!

"……가 버렸네."

"어…… 그러게. 니카이도는 안 갈 거야?"

"나는 별로 빨리 헤엄치지 못하니까, 빠지려고. 나중에 워터 슬라이드 같은 걸 타면 충분해. 시도는?"

"나는, 으음."

니카이도에게 시선을 보냈다.

그녀와 거리를 유지하고 싶다면 여기서 나도 저 녀석들의 시합에 참석해야 한다.

다만 그리 터프한 성격이 아닌 듯한 니카이도를 혼자 두는 건 차마 미안하다.

최근 내 눈앞에서 헌팅당하는 사람을 목격했던 만큼 묘하게 걱정됐다.

"니카이도를 혼자 두고 싶지 않으니까 같이 있을게. 나도 시합 같은 건 별로 안 좋아하고."

"어?! 치…… 친절하네, 시도."

"그런가? 평범하다고 보는데."

이 정도로 칭찬을 들어봤자 난감하다.

남자들이 레이에게 작업 거는 걸 봤을 때, 나는 어떤 사정이 있다고 해도 최대한 여자를 혼자 두면 안 된다는 걸 배웠다.

물론 우리 말고 불특정 다수의 인간이 주변에 있는 경우 한정이지만.

"니카이도는 작업 거는 남자가 나타나도 강하게 거절하지 못할 것 같거든."

"아하하…… 그럴지도. 나는 잘 휘둘리는 건지 학원 갔다가 돌아오는 길에 그런 사람들을 마주치곤 해. 그럴 때 같은 학원에 다니는 카키히라가 지켜주곤 했지만."

"아하. 그나저나 두 사람은 같은 학원이었구나."

"응. 1학년 때부터 사이가 좋았던 건 같은 학원에 다녔기 때문이야."

그렇군.

이렇게 들으니 카키히라는 상당히 좋은 환경이었던 것 같다.

즉 그 녀석은 넘쳐나는 기회를 제때 활용하지 못하는 것뿐인 건지도 모른다.

"그럼 유스케는 니카이도에겐 왕자님이네."

"그건 아니고."

──그러냐.

"아, 아무튼! 세 사람은 야키소바를 걸고 시합하는 모양이니 우리는 마실 걸 사다줄까? 세 사람의 입맛을 잘 모르니까 니카이도가 골라줄 수 있어?"

"아, 그렇네. 역시 시도는 센스가 좋구나."

"하하하, 평범하지 뭐."

웃음으로 얼버무리며 나는 니카이도와 함께 매점 쪽으로 향했다.

도모토와 노기 몫으로 콜라를 사고, 카키하라 몫으로는 스포츠음료를 샀다.

이런 식으로 입맛을 파악하고 있는 걸 보면 역시 이 네 사람이 상당히 친한 사이라는 게 느껴진다.

"망할! 졌어!"

"메롱! 호노카 님에게 이기려고 하다니 10년은 빠르다고!"

마실 것을 든 우리가 25미터 풀로 향하자 마침 시합이 끝난 건지 그런 목소리가 들렸다.

아무래도 노기가 이긴 모양이다. 역시 매번 체육 시간에 레이다음으로 주변을 환호하게 만드는 능력자다.

"어라? 아즈사와 린타로……. 어디 갔었어?"

우리의 합류를 알아차린 카키하라가 불안해하며 물었다.

으음, 이 녀석은 내가 생각하는 것보다 더 맹꽁이인 건지도 모른다.

"마실 거 사 왔어. 그 왜, 수영은 사실 탈수 일으키기 쉽다고 하잖아? 제대로 쉬면서 하라는 뜻에서."

"우와! 둘 다 센스 장난 아닌데? 고마워!"

풀 사이드로 올라온 세 사람에게 각각 마실 것을 건넸다.

온힘을 다해 헤엄친 뒤라 그런지 세 사람은 우리가 사 온 음료를 아주 맛있게 마셨다.

"푸하! 살 것 같다!"

"운동한 뒤에 마시는 탄산음료 최고야!"

도모토와 노기가 그렇게 소리쳤다.

솔직히 격렬한 운동 후에 탄산음료를 마시는 건 별로 좋은 습관이 아니라고 보지만, 몸을 가혹하게 몰아세우는 운동을 하는 것도 아니니까 분위기를 망치는 소리는 안 하기로 했다.

"근데 이거 결국 어떻게 되는 거야? 나와 유스케가 호노카에게 야키소바 사면 돼?"

"그건 좀 안이하지 않아? 마실 것도 사다 줬으니까 아즈링과 시도에게도 야키소바를 사주는 게 어때?"

"윽, 하지만 확실히 그러면 공평하네……. 어쩔 수 없지! 패자에게 발언권은 없으니까!"

어영부영하는 사이에 우리의 점심값을 아끼게 되었다.

음료보다 야키소바가 더 비싸니 이렇게 되면 나는 이득이다. 이대로 묻어가자. 구두쇠라고 하지 말고.

"뭐 돈 내는 건 나도 이견 없어. 그럼 야키소바는 점심때 또 먹기로 하고, 다음은 어디에 갈까?"

"으음, 유수 풀? 저쪽에 있었는데."

카키하라와 노기가 다음 코스로 넘어가려고 하던 때에 나는 막 생각났다는 듯 '아' 하고 발언했다.

"그리고 보면 니카이도가 워터 슬라이드 타고 싶다고 했었는데, 가 보지 않을래? 세 사람이 딱히 뭘 하고 싶다는 게 없다면 먼저 가는 게 어떤가 하는데."

"어? 그랬어?"

카키하라가 니카이도 쪽을 봤다.

그녀는 조금 놀란 듯 나를 쳐다보았지만 주변에서 보고 있다는 걸 깨닫고 쑥스러운 듯 뺨을 긁적였다.

"으, 응……. 수영은 잘 못 하니까, 그런 걸로 놀면 좋을 것 같아서."

"좋아! 그럼 워터 슬라이드! 지금부터 워터 슬라이드에 가자!"

"괜찮아?"

"물론이지! 류지와 호노카도 괜찮지?"

카키하라가 묻자 두 사람도 적극적으로 고개를 끄덕였다.

좋아, 이걸로 시추에이션 자체는 거의 갖춰졌다.

니카이도가 워터 슬라이더를 타고 싶다고 했을 때, 내 머릿속에는 카키하라의 사랑을 응원하기 위한 계획이 만들어졌다.

흡족해하면서 우선 다섯 명이 함께 대형 워터 슬라이드 탑승장으로 향했다.

『이 워터 슬라이드는 두 명씩 탑승하시게 됩니다! 2인 1조로 줄을 서 주세요!』

대기열 맨 끝으로 향한 우리에게 스태프가 그런 식으로 안내하며 돌아다녔다.

이 워터 슬라이드는 긴 미끄럼틀을 2인 1조로 튜브를 잡고 내려가는 시스템. 이 시스템이야말로 내 노림수다.

"2인 1조래. 어떻게 할래?"

"아……, 한 명 남는구나."

도모토와 노기가 어떻게 해야 할지 고민했다.

카키하라는 니카이도를 힐끔힐끔 쳐다보기만 할 뿐 아무 말도 꺼내지 않았다.

숫기 없다는 생각이 안 드는 것도 아니지만, 오히려 이런 상황에서 먼저 같이 타자고 권유할 수 있는 인간이 있다면 그 녀석은 심장이 강철로 되어있는 거겠지.

그러니까 맡겨라, 카키하라. 먼저 홀수 문제를 해결해주마.

"아, 미안……. 내가 말해놓고 좀 부끄럽지만, 나 고소공포증 있거든. 가능하면 여기선 빠지고 싶은데."

"어?! 그랬어?!"

니카이도가 놀라서 소리쳤다.

고소공포증 자체는 거짓말이지만, 이렇게 말해두면 조금은 받아들여질 확률이 올라갈 것이다.

"뭐야, 그럼 다른 곳에 가자. 혼자 빠지면 서운하잖아."

"아니, 지금은 넷이서 다녀와. 나 때문에 네 사람이 못 타게 된다는 건 싫으니까. 게다가 워터 슬라이드는 다른 곳에도 있으니까, 여기가 끝나면 거기서 같이 타자."

"어……, 그렇구나. ……그럼 감사히 그렇게 할까! 나 이거 꼭 타보고 싶었거든!"

좋아, 잘한다 도모토. 호쾌한 걸 좋아하는 너라면 이 시설에서 가장 큰 워터 슬라이드를 놓치지 않을 거라고 생각했어.

그리고 한 명이 마음을 돌리면, 또 한 명이 확실하게 그 흐름에 합류한다.

"이미 줄 서기도 했고, 나도 계속 타보고 싶었거든. 시도, 미안하지만 기다려줄래?"

"좋아. 너희가 내려오는 걸 지켜볼게."

"약속했다? 그럼 멋지게 내려와야지!"

이걸로 노기도 함락.

이렇게까지 분위기를 잡아놓으면 무대는 완전히 준비된 셈이다.

나는 카키하라에게 시선을 보내며 윙크를 날렸다. '지금이야. Go' 하는 의미를 담아서.

그걸 알아차린 카키하라의 표정이 확 밝아지더니 기쁘다는 듯 고개를 끄덕였다.

"아…… 아즈사! 같이 타지 않을래?"

"어?"

굳게 결의한 카키하라가 니카이도에게 말을 걸었다.

이것이야말로 내 워터 슬라이드에서 러브러브 대작전이다. 내가 생각하기에도 미친 듯이 촌스럽지만.

"어…… 으, 응. 좋아."

"──! 그럼 바로 서자!"

나는 다 봤다, 카키하라. 네가 주먹 불끈 쥐는 거.

"뭐야! 그럼 난 류지랑 타? 아즈링이 더 좋은데!"

"훗……. 뭐 괜찮잖냐. 한 번 정도는 나로 참아."

"어?! 어…… 응. 뭐, 그래."

도모토가 평소와 다르게 어른스러운 목소리 말하자 노기가 쑥스러워했다.

반면 도모토는 나와 카키하라에게 번갈아 시선을 보낸 뒤 나에게만 보이도록 엄지를 척 세웠다.

아, 그래. 친구의 연애 사정 정도는 다 알고 있다는 건가.

"그럼…… 시도, 다녀올게."

"그래, 잘 다녀와."

이쪽을 힐끔힐끔 보고 있던 니카이도에게 손을 흔들어 배웅했다.

두 사람씩 선 일행에게서 등을 돌리고 나는 딱 슬라이드가 끝나고 떨어지는 곳에 있는 풀로 이동했다.

여기라면 슬라이드를 타고 내려오는 녀석들의 모습을 볼 수 있다.

'……나 뭐 하는 거냐.'

풀 사이드에 털썩 앉아 멍하니 흔들리는 수면을 바라보았다.

혼자 남고 나니 새삼 내가 얼마나 헛짓거리를 하고 있는 건지 선명하게 보였다.

애초에 내 도움은 당연하게도 카키하라만 이득을 본다.

처음부터 카키하라에게 마음이 없는 니카이도에게는 어쩌면 대단히 민폐인 행동인 건지도 모른다.

이런 분위기 조성을 당하는 고통 정도는 나도 안다.

지금 내가 하는 건 니카이도의 마음을 무시하는 거나 마찬가지가 아닐까.

"모르겠다……."

처음에는 니카이도의 마음을 회피하기 위해 협력하려고 했다.

하지만 지금은 카키하라 본인과 조금 거리가 좁아지면서 순수하게 응원하고 싶다는 마음도 조금이지만 존재한다.

연애사업을 청춘이라고 한다면, 이 상황도 그런 걸까.

청춘이란 생각보다 잔혹한 건지도 모른다.

정말 나와는 안 맞는다고 생각하며 스스로를 조소했다.

""얏호오오오오!""

어느새 그 녀석들 차례가 왔던 건지 눈앞의 풀에 노기와 도모토가 다이빙했다.

물보라를 튀긴 두 사람은 각각 수면에서 고개를 내밀고 즐겁다는 듯 깔깔 웃었다.

"아! 시도! 우리 어땠어?!"

"응, 무척 화려했어."

"그렇지? 좋았어, 류지!"

노기와 도모토가 '예쓰!' 하며 주먹을 맞댔다.

두 사람은 튜브를 스태프에게 돌려주고 풀 사이드로 올라와 나와 함께 다음 타자로 내려올 다른 두 사람을 기다렸다.

"저기, 시도."

"응?"

"시도는 혹시 유스케의 마음 눈치챘어?"

나와 도모토 사이에 낀 노기가 워터 슬라이드 쪽으로 시선을 던지며 그렇게 물었다.

잠시 생각에 잠겼다. 곁눈질로 도모토를 봐도 막으려고 하지 않았기에 나는 솔직하게 고개를 끄덕였다.

"응. 본인에게 협력해달라고 들었어. 두 사람은 원래 알고 있었구나."

"뭐 그렇지. 계속 넷이서 같이 놀았으니까 눈치챌 수밖에. 오히려 아즈링이 눈치채지 못했다는 게 신기할 정도야. ……하긴, 자뻑이란 소리 안 들으려고 눈치채지 못한 척하는 것뿐일지도 모르지만."

그건―― 가능성이 있을지도 모른다.

"나도 계속 옆에서 봤지만…… 그 녀석들은 누가 봐도 잘 어울린단 말이지. 하지만 유스케는 소극적이고 아즈사도 눈치를 못 채서 계속 답답해하는 중이야."

"……음, 그 마음은 조금 알 것 같아."

"그렇지? 그래서 아까 네가 적절히 워터 슬라이드로 유도해줬을 때 나이스! 라고 생각했다니까."

도모토의 말에 노기도 옆에서 고개를 끄덕였다.

"나와 류지는 그 왜, 호쾌하다는 이미지가 있잖아?"

"으, 응, 그렇지."

"그래서 유스케의 마음이 영 이해가 안 갔어. 빨리 부딪치라고

속이 터졌지. 남 일이라서 그런 걸지도 모르지만. 지금 이대로 지내면 관계는 계속 변하지 않을 텐데, 나아가고 싶다면 고통도 감당할 각오가 있어야 한다고 생각하지 않아?"

정론이다. 다만 그렇게 말할 수 있는 건 틀림없이 남 일이기 때문이다.

나는 카키하라의 마음도 이해할 수 있다.

근본적으로는 완전히 다른 인간이고 사고방식도 전혀 다르지만, 지금까지 쌓은 관계가 무너질지도 모른다는 공포는 누구나 이해할 수 있을 거다.

그리고 두 사람의 이야기를 듣고 나는 이해했다. 이해하고 말았다.

카키하라는 이미 눈치채고 있다.

니카이도의 눈이 자신을 향하고 있지 않다는 걸 마음속 어딘가에서 눈치채고 있다.

그래서 발을 떼지 않는다. 뗄 수 없었다.

상처받는 게 싫으니까, 무서우니까.

카키하라는 주변에서—— 우리에게서 상처받을 용기를 받고 싶어한다.

그렇게 상처받은 끝에 그들 네 사람의 관계는 어떻게 되어버리는 걸까.

의외로 친구인 채로 변함없이 지낼 수 있을지도 모른다.

그렇게 되지 않고, 수복할 수 없을 정도로 망가져 버릴지도 모른다.

그런 우정의 분기점에 내가 엮일락 말락 하는 이 상황에서 나는 적지 않은 두려움을 느끼기 시작했다.

"오오오오오!"

"꺄아아아아아!"

우리의 대화를 가로막듯 신이 난 목소리가 들렸다.

튜브 위에서 밀착한 채 아래로 떨어진 니카이도와 카키하라가 풀 안으로 다이빙했다.

즐겁다는 듯 풀 사이드로 다가오는 두 사람을 보며 내심 안도했다.

이제 오늘은 가만히 두자.

이 정도면 협력하겠다는 의리는 지켰다고 봐도 되겠지.

지금도 이미 꽤 좋은 관계잖아. 적어도 남의 연애에 이 이상 손을 대고 싶지 않다.

"셋 다 기다렸지? 특히 린타로는 꽤 오래 기다렸을 텐데⋯⋯."

"아니야, 신경 쓰지 마. 너희가 내려오는 걸 보는 것도 제법 즐거웠어."

"그래? 그럼 다음은 린타로도 즐길 수 있는 워터 슬라이드를 타러 갈까."

착실한 녀석. 얄미울 정도로 좋은 남자다.

뭐, 남이 타는 걸 보면서 재미있어 보인다고 생각한 건 사실이다. 모처럼 왔으니까 기왕이면 즐기고 돌아가야지.

"그럼 저기 있는 낮은 거 타러 가자!"

"좋아! 저거라면 다 같이 탈 수 있겠어!"

도모토가 가리킨 워터 슬라이드는 미끄럼틀 자체가 넓어서 커다란 튜브를 다 함께 붙잡고 내려오는 타입이었다. 확실히 저거라면 전원이서 즐길 수 있다.

"시도, 저거라면 괜찮겠어?"

"응. 저 높이 정도라면 문제없어. 신경 써줘서 고마워."

"아니야. 당연한 일인걸."

니카이도의 말에 다른 세 사람도 고개를 끄덕였다.

정말로 좋은 녀석들이다. 스쿨 카스트 상위권인 이유를 알 수 있을 것 같다.

언젠가 나도 이 녀석들과 진심으로 대화할 수 있는 때가 올까?

그런 생각이 든 내 머릿속을 도리질해서 흐트러뜨렸다.

아무리 생각해도 원래의 나와 이 녀석들은 성격이 맞을 것 같지 않다.

그게 아쉬워지기 시작한 나에게 조금 놀랐다.

워터 슬라이드를 비롯한 시설들을 즐긴 우리는 노점이 모인 테라스 같은 광장에 와 있었다.

마침 다른 가족이 앉아있던 테이블석이 비자 우리는 그 자리에 앉았다.

"큭…… 뼈아픈 지출이로다."

고통스러운 표정을 지으며 도모토와 카키하라가 우리 앞에 야키소바를 내려놨다. 아까 노기에게 진 벌칙이다.

쟁반 위에 클래식한 소스를 뿌린 야키소바가 올라가 있다.

물속에서 몸을 움직였던 우리는 생각보다 배가 고팠던 건지, 누가 범인인지 알 수 없는 꼬르륵 소리가 들렸다.

"아…… 미안."

"뭐야! 아즈링 너무 귀엽다니까! 거기 남자들! 귀여운 여자애가 배고파하니까 빨리 잘 먹겠습니다 복창!"

"호, 호노카! 창피하게!"

뜻밖에 범인은 니카이도였던 모양이다.

그런 그녀의 민망함을 덜어두려는 듯 카키하라가 발언했다.

"그럼 먹자! 잘 먹겠습니다!"

이전 조리 실습 때처럼 손을 모은 우리는 각자 따끈따끈한 야키소바를 먹기 시작했다.

————맛있어.

맛만 따진다면 정말로 평범한 소스와 야키소바다. 하지만 공복과 이 개방적인 상황이 조화를 이루며 무척 맛있게 느껴졌다.

캠핑가서 만들어 먹는 카레나 바비큐와 마찬가지다.

역시 식사는 환경도 중요한 모양이다.

"대애애애박! 뭐야 이거, 너무 맛있어! 심지어 유스케와 류지가 사주다니!"

"자꾸 강조하지 마! 하지만 진짜 맛있네!"

노기와 도모토가 야단법석을 떠는 마음도 이해가 갔다.

옆에서 얌전히 먹고 있던 니카이도도 손으로 누른 입꼬리가 부드럽게 풀렸다.

"이다음은 어떻게 할래? 나는 이제 한 바퀴 돌았으니까 각자 자유시간이라는 느낌으로 가도 괜찮지 않을까 하는데."

"유스케에게 찬성! 당분간 각자 알아서 놀자. 시간 정해놓고 나중에 합류하는 식으로."

카키하라의 의견에는 다들 찬성이었던 건지 대답하지 않아도 고개를 끄덕여서 동의를 표했다.

나도 자유행동은 대찬성이다. 골치 아픈 이유를 짜내지 않아도 카키하라나 니카이도에게서 떨어질 수 있다는 게 고맙다.

"저, 저기…… 아즈사."

"응? 왜?"

──오?

자유시간 발안자인 카키하라가 니카이도에게 말을 걸었다.

우리 세 사람은 말없이 눈짓을 주고받으며 대화의 향방을 지켜보았다.

"가, 같이 워터 슬라이드 또 타지 않을래? 처음에 탔던 거."

역시 이제 내 협력은 필요 없는 것 같다.

본인이 먼저 말을 걸 수 있게 되었으니 괜히 밥상을 차려놓지 않아도 되겠지.

"아, 좋아. 나도 타고 싶었으니까."

"그, 그래? 그럼 먹고 난 뒤에 바로 가자!"

"그렇게 열렬하게……. 후후, 카키하라도 참."

니카이도도 썩 싫지 않다는 얼굴이었다.

두 사람이 자발적으로 붙어 다니면 나는 어떻게 할까.

시선을 도모토에게 던지자 도모토는 뭘 어떻게 해석한 건지 악당 같은 미소를 지었다.

"크크큭……. 알았어, 린타로. 너도 역시 수영 시합 하고 싶었구나!"

아니, 전혀 아니거든.

"어쩔 수 없지! 그럼 다음은 마실 거 걸고 배틀이다!"

"좋아! 그럼 나도 또 참가할래!"

"오냐! 이번엔 린타로도 끼워서 삼파전이다!"

아니지만── 뭐, 됐다.

혼자 돌아다녀봤자 따분할 테고, 머리를 비우고 몸을 움직일 수 있다면 그게 제일 낫다.

식사를 마친 우리는 자리에서 일어나 두 팀으로 갈라졌다.

카키하라와 니카이도는 처음 탔던 워터 슬라이드로. 우리 셋은 25미터 풀로 향했다.

"좋아, 승부는 50미터! 왔다 갔다 왕복해서 제일 빠른 사람이 승리!"

"후후후, 두 번째도 안 질 거야!"

기합이 들어간 두 사람과 함께 풀에 들어가 시작 자세를 취했다.

풀 사이드에서 다이빙하는 건 위험해서 금지되어있기 때문에 물속에서 스타트다.

"그럼 간다! 준비…… 땅!"

도모토의 신호에 맞춰 우리는 일제히 풀의 벽을 찼다.

두 사람의 위치는 시야에 넣지 않으려고 하면서 내 수영에 집중했다. ──같은 멋진 묘사를 붙였지만, 사실은 딱히 수영이 특기도 뭣도 아니다 보니 다른 것에 의식을 할애할 용량이 없는 것뿐이다.

쉴 새 없이 손을 움직여서 크롤 영법으로 나아갔다.

간신히 25미터의 터닝 지점에 도착했을 때 두 사람의 위치가 순간적으로 보였다.

아, 그렇네.

두 사람은 이미 터닝을 마치고 내 앞에서 헤엄치고 있었다.

거기서부터 포기하지 않고 전력을 내기는 했으나 결국 따라잡진 못했다. 역시 조용한 남자의 무쌍극은 현실에선 실현되지 않는 모양이다.

"아자! 봤냐, 짜샤!"

승리의 환호성을 지른 사람은 도모토였다.

첫 시합에서 1위였던 노기는 진심으로 분하다는 듯 발을 쿵쿵 굴렀다.

"아 진짜! 중간에 수영복이 벗겨질 뻔하지만 않았어도 이겼는데!"

"안됐구나, 승부는 승부거든! 뭐, 꼴지는 린타로지만!"

"큭, 뭐 꼴찌가 아닌 것만으로도 다행이라고 생각할 수밖에 없나."

숨을 헐떡이며 풀 사이드로 올라온 나에게 두 사람이 히죽히죽 웃었다.

어머나 싫다, 열이 확 뻗치네.

"나는 콜라."

"나도."

아까 나와 니카이도가 샀던 거랑 똑같잖아.

어쩔 수 없지, 패자는 불평할 자격조차 없다.

"아, 알았어……. 이 빚은 언젠가 반드시 갚을 테니까."

"좋아, 얼마든지!"

나는 시설 안에서 빌릴 수 있는 방수 봉투에 넣어두었던 지갑을 꺼내 그대로 매점으로 걸어갔다.

카스트 상위권 놈들을 쓰러트릴 수 있는 기회였지만 그렇게 쉽지는 않았다. 얌전히 마실 거나 사 가야지.

다만 이렇게 사람이 많으면 매점으로 마실 걸 사러 가는 것만으로도 고생이다.

다른 사람과 부딪치지 않도록 조심하며 최대한 인구밀도가 적은 장소를 골라 걸었다.

그러는 사이에 어느새 그 워터 슬라이드 부근까지 와 버렸다. 미끄럼틀 아래는 순서를 기다리는 사람으로 북적거렸지만 풀 주변에 있는 인간은 적다.

서둘러 워터 슬라이드 주변을 지나가려고 한 그때, 시야 구석에 아는 얼굴들이 보였다.

"아즈사……. 제안이 있는데."

피곤한 듯 풀 사이드에 앉은 카키하라와 니카이도의 대화가 들렸다.

그 순간 나는 반사적으로 근처 바위 조형물 뒤로 몸을 숨겼다.

그런 걸 조금도 모를 카키하라가 말을 이었다.

"다음에는…… 그…… 둘이서 또 오지 않을래?"

◇ ◆ ◇

오늘은 굉장히 피곤한 하루였다.

수영으로 인한 독특한 나른함에 힘들어하면서도 나는 가까스로 집에 도착했다.

나에게는 아직 해야 할 일이 남아있었다.

자고 싶은 마음을 참으며 샤워를 한 번 한 뒤 부엌으로 향했다. 물론 레이의 저녁 식사를 준비하기 위해서다.

샤워 덕분에 어느 정도 잠이 깬 나는 평소처럼 착착 작업을 진행했다.

그러는 사이에 현관 쪽에서 레이의 발소리가 들렸다. 어느새 시간이 꽤 지난 모양이었다.

"어서 와."

"다녀왔어."

그런 익숙한 인사를 주고받은 뒤 레이는 욕실로 향했다.

나는 그동안 요리를 데우고 식기에 담는 등 그녀가 나오면 바로 먹을 수 있도록 준비했다.

여기까지는 이미 루틴이라고 해도 될 정도다.

테이블 위에 놓은 요리를 보며 뿌듯함에 잠겨 있었더니 머리카락을 다 말린 레이가 욕실에서 나왔다.

"기다렸지? 오늘 저녁은 뭐야?"

"고추잡채와 마파두부. 중식 세트야. 지난번에 먹고 싶다고 했으니까."

"기억하고 있었어?"

"당연하지."

며칠 전, 신곡 안무 연습이 한층 혹독해진 레이에게서 든든한 걸 먹고 싶다는 요청을 받았다.

내 안에서 든든한 요리 하면 역시 중화요리다. 마늘을 듬뿍 넣은 고기덮밥도 생각했지만, 나름대로 쉽게 만들 수 있기 때문에 더 시간이 없을 때를 위해 아껴두기로 했다.

"오히려 먹고 싶은 걸 말해주면 좋지. 메뉴를 고민할 시간이 절감되니까."

"그럼 더 신청해도 돼?"

"오냐. 마음껏 말해."

누군가를 위해 요리를 만들면서 실감한 거지만, 뭘 먹고 싶냐고 했을 때 '아무거나'라는 대답은 은근히 골치 아프다.

내 경우 레이가 비교적 솔직하게 먹고 싶은 걸 말해주는 덕분에 큰 도움이 되고 있지만, 음식에 담백한 남편이 있는 아내라면 상당히 스트레스가 쌓이겠지. 물론 마음대로 만들 수 있어서 좋다는 사람도 있을 테지만 그건 굳이 따지라면 소수일 것이다.

"우선은 눈앞에 있는 것부터. 식기 전에 먹어."

"응. 잘 먹겠습니다."

굴 소스 단계에서부터 세심하게 맛을 관리한 고추잡채와 텐멘

장이라고 부르는 조미료와 두반장으로 만든, 제법 본격적인 마파두부.

간을 봤을 때 잘 만들어졌다는 확신은 있었지만, 밥과 함께 먹으니 더욱 젓가락이 멈추지 않았다.

"린타로, 한 그릇 더."

"오, 최단 기록 경신."

몸에 청소기라도 달린 건지 의심스러운 속도로 빠르게 밥이 사라졌다.

말뿐만이 아니라 이런 행동을 보여주는 것만으로도 만드는 사람은 기쁜 법. 내가 생각하기에도 너무 쉬운 남자라 웃음을 흘리면서도 나는 그녀를 위해 밥을 한 공기 더 펐다.

우리의 식사시간은 소리가 드물다.

다 먹을 때까지 대화가 거의 없고, 애초에 레이는 말을 하지 못하는 수준으로 연신 먹고 있다.

쌀밥은 네 번이나 리필했고 커다란 접시에 가득 담았던 고추잡채와 마파두부도 거의 다 먹었다.

슬슬 끝인가── 그런 생각이 든 직후, 레이가 젓가락을 내려놓았다.

"잘 먹었습니다."

"응, 땡큐."

최근 들어 레이의 위장 한계도 잘 가늠할 수 있게 되었다.

완전히 깨끗해진 접시와 밥그릇을 들고 싱크대로 가져갔다.

설거지를 시작하기 전에 디저트로 레이가 사 놓은 조금 비싼 아이스크림을 던져줬다. 제법 먹은 뒤인데도 디저트 배는 따로 있다는 모양이다.

빠르게 설거지를 마친 나는 손을 닦으며 소파로 돌아왔다. 겸사겸사 커피를 타서 레이 앞에 내려놓은 뒤 소파에 앉았다.

계속 틀어놓고 있었던 TV에서는 연예인들의 웃음소리가 들렸다.

저녁 8시가 조금 지난 시각. 마침 골든타임에 편성된 예능 프로그램이 시작할 시간대다.

"……이런 방송에는 안 나와?"

"나갈 때도 있어. 신곡 발매를 앞뒀을 때라거나."

"아, 광고하는 거구나."

"그렇게 말하면 부정적인 이미지가 되지만, 그런 의도지."

소소한 대화. 그런 대화에 편안함을 느낀다.

예능 프로그램을 보면서 차분한 것도 좀 그렇지만, 그런 건 신경 쓰지 않고 커피를 호로록 마셨다.

"……무슨 일 있었어?"

"……왜 그렇게 생각해?"

"평소보다 거리가 가까워서."

레이의 대답을 듣고 흠칫 놀랐다.

자각은 없었지만 나와 레이 사이에 있었던 거리가 평소보다 좁았다. 그 순간 얼굴에 열이 올라오는 걸 느꼈다.

이런. 미친 듯이 창피하다.

부리나케 거리를 벌리려는데 어째서인지 레이가 팔을 붙잡았다.

"이, 이거 놔……! 찬물로 샤워하고 올게!"

"안 돼. 감기 걸려."

"지금 원하는 전 정론이 아니야!"

필사적으로 레이의 팔을 뿌리치려고 했다. 하지만 잘 생각해 보면 버둥거렸다가 생채기라도 냈다간 큰일이다.

──응, 생각했던 것보다 머리는 냉정한 모양이다.

"후우…… 알았어. 우선은 제대로 앉게 해줘."

"응."

내가 소파에 고쳐 앉자 잡혀있던 손이 떨어졌다.

"카키하라 일행과 무슨 일 있었어?"

"아니, 딱히 뭐가 있었던 건 아닌데…….."

레이는 상당히 완고하다. 여기까지 와 버리면 교묘하게 숨기는 건 포기하고 전부 고스란히 말하는 게 나을지도 모른다.

설령 그게 카키하라의 사생활이라고 해도, 신나게 휘둘러댄 대가라는 걸로 치자.

"아무에게도 말하지 않겠다고 맹세할 수 있어?"

"린타로가 그렇게 하라면 그럴게."

"그럼 말한다."

나는 오늘 일어난 일을 회상하며 레이에게 설명했다.

카키하라의 사랑을 응원하려고 했던 것.

중간에 두 사람을 어떻게 잘 몰아가서 워터 슬라이드에 태운 것.

그리고 마침내 카키하라가 한 발 내디딘 것.

『다음에는…… 그…… 둘이서 또 오지 않을래?』

용기를 쥐어짠 카키하라의 입에서 나간 제안.

그 말에 니카이도가 어떻게 대답했는지, 나는 그곳에서 듣고 말았다.

『다 함께 오는 게 재미있을걸. 나중에 다른 애들도 있을 때 말 해보지 않을래?』

　"──라는 거야. 여자인 너한테 물어보고 싶은데, 이건 그러니 까……."

　"나도 이런 쪽으로는 잘 몰라. 하지만 만약 카키하라를 좋아한 다면 아마 기꺼이 받아들였을 거야."

　"……그렇지."

　둘이서. 굳이 그 단어를 덧붙인 의미를 눈치채지 못할 인간은 드물다.

　그걸 완곡하게 거절했다는 건, 적어도 '그런 감정'이 없을 가능 성이 크다.

　간단히 말해서 차였단 뜻이다.

　나는 마음속 어딘가에서 이러니저러니 해도 카키하라의 사랑 이 잘 될 거라고 생각했었다.

　함께 보낸 시간의 두께를 생각하면 니카이도도 마음속 어딘가 에 카키하라에게 호감을 숨기고 있는 게 아닐까, 아니, 숨기고 있 었으면 좋겠다고 진심으로 바랐다.

　그런 내 바람은 파스스 흩어지고 말았다.

　"카키하라 녀석, 믿어지지 않을 만큼 침울해져선……. 뭐라고 말을 걸어야 할지 알 수 없었어."

　"그건…… 좀 안 됐네. 친한 사이가 아니어도 카키하라의 마음은 다 보였는데."

"너도 눈치채고 있었냐……."

"조를 짜서 뭘 할 때 자주 같이 하자고 해줬거든. 그래도 오래 같이 있었던 건 아니었지만, 아주 노골적이었어."

그랬군.

카키하라, 들키지 않았다고 생각하는 건 아마 너뿐인 모양이다.

"카키하라의 사랑을 린타로가 응원한다는 건 알았어. 하지만 그것만으로는 왜 지금 린타로의 상태가 이상한 건지 모르겠어."

"……세세한 부분은 생략하지만."

그렇게 대답하며 나는 내 주머니에 들어있는 스마트폰을 쓰다듬었다.

이 안에는 방금 막 도착한 **니카이도 아즈사**의 메시지가 들어 있었다.

『갑자기 불렀는데 와 줘서 고마워. 시도만 괜찮다면 다음에는 둘이서 가지 않을래……?』

그런 메시지였다.

조리돌림 같은 짓은 하고 싶지 않으니 화면은 보여줄 수 없다.

다만 니카이도에게서 둘이서 놀러 가자는 권유를 받았다는 걸 요약해서 설명했다.

"그건……."

"뭐, 그런 거겠지."

"……니카이도는 린타로를 좋아하는구나."

"아무래도 그런가 봐."

"그거, 어떻게 할 거야?"

"응? 아, 이미 거절했어."

"왜?"

"왜냐니 너⋯⋯. 마침 니카이도가 비어있던 날짜가 네가 호텔에 가자고 한 날과 겹쳤으니까. 약속도 이쪽이 먼저였고, 내 안에서 우선순위는 네가 1등인걸."

설령 레이가 나중이었다고 해도 내 생활은 그녀와 함께 존재한다.

그러니 정말 미안하지만 어떠한 형태든 니카이도의 권유는 거절했다.

애초에 나는 카키하라의 사랑을 응원하고 있으니 굳이 내 쪽에서 니카이도와 거리를 좁힌다는 파란을 부르는 행동을 할 수 있을 리 없다.

"하지만 뭐, 니카이도에게 잘못이 있는 것도 아니니까 아무래도 거절했을 때는 가슴이 아팠는── 잠깐, 왜 히죽거리는 거야?"

최대한 상처 주지 않고 거절할 방법을 고안하던 내 옆에서 레이가 어딘가 기쁘다는 듯 입꼬리를 올리고 있었다.

"내가 1등⋯⋯ 린타로 안에서 내가 1등⋯⋯."

"왜 그래? 너⋯⋯. 좀 징그러운데."

"신경 쓰지 마. 계속 말해."

"으응⋯⋯?"

당황하면서도 이게 오토사키 레이라고 수긍했다.

이런 사차원 같은 부분 또한 그녀의 매력이니까.

"⋯⋯결국 휘둘릴 대로 신나게 휘둘리고, 반대로 누군가를 휘두르고, 최종적으로는 관계가 더 복잡해지고……. 이게 내가 동경하던 청춘인가 했더니 좀 기분이 착잡해졌거든. 힘들고, 아프고. 뭐가 즐거운 건지 전혀 모르겠어."

애니메이션이나 드라마 속 세계에서 땀과 눈물을 흘리며 뛰고 달리는 청춘 군상극. 고등학생인 이상 한 번쯤은 그런 걸 체험해 보고 싶었지만, 아무래도 나에게는 처절하리만치 안 맞았던 모양이다.

모든 답답함의 원인은 이상이 붕괴되었기 때문이다.

이것이 청춘이라면 이 세상은 너무나 고약하다.

"나도 뭔 소릴 하냐는 느낌이지만."

"……그럼 나와 청춘을 즐기자."

"뭐?"

"린타로의 동경은 내가 이뤄주고 싶어."

그녀의 뜬금없고도 이상한 제안에 나는 얼 빠진 목소리를 냈다.

그런 나를 한층 몰아넣듯이 레이는 몸을 쑥 내밀고 가만히 내 눈을 응시했다.

"이번에 바다에 가서 잊을 수 없는 추억을 만들자."

힘이 실린 레이의 말에 나는 위축되어 고개를 끄덕일 수밖에 없었다.

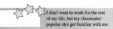
여름 하면 바다.

그런 말을 흔히 들은 적이 있다.

뭐, 틀린 건 아니겠지.

실제로 서퍼나 낚시꾼 같은 인종 말고 어지간한 사람은 여름이 되지 않으면 바다에서 놀지 않는다.

하지만 이러면 여름 하면 바다인 게 아니라, 바다 하면 여름인 게 아닐까?

즉 바다 안에 여름이 있는 게 아니라, 여름 안에 바다가 있다는——.

"악! 뒤지게 덥네!"

나는 때때로 지나가는 차 말고는 그림자 하나 없는 아스팔트 위에서 하늘을 향해 소리쳤다.

더위를 잊기 위해 필사적으로 잡생각을 늘어놓았지만 그것도 전혀 효과가 없다.

모든 것을 불태우는 태양 앞에서 인간의 잔꾀가 통할 리 없었다.

"젠장……, 이럴 줄 알았다면 그 녀석들이 하라는 대로 할걸."

턱으로 땀을 줄줄 흘리며 궁시렁거렸다.

이곳은 도쿄에서 상당히 떨어진 바닷가에 있는 현.

전철을 타고 몇 시간 걸려 도착한 역에서 버스를 타고 1시간 더. 그렇게 간신히 목적지에 도착했다 했더니 그곳에서 도보로 1

시간 추가.

아침 7시에 집을 나섰는데 어느새 정오가 지났다.

그렇게까지 해가면서 가는 내 최종 목적지는 레이 일행이 숙박하고 있을 프라이빗 비치가 딸린 해변의 호텔—— 정확하게는 해변의 코티지다.

수영복 촬영이 끝나고 스태프들이 전부 철수한 뒤에 내가 합류한다는 계획이었는데…….

'미친……. 설마 이렇게 될 줄이야.'

햇살 대책으로 모자를 썼지만 열이 모자를 통과하기 시작했다.

짐작건대, 아니 아마 아닐 테지만, 이 길은 차를 타고 오는 걸 전제로 만들어져있을 것이다.

도보에 적합하다는 생각이 들지 않는다.

자판기도 없고, 길 좌우에 잡초만 있을 뿐 그늘을 만들어주는 큰 나무가 없다.

레이 일행이 배웅하는 차를 보내겠다고 했지만, 아무것도 몰랐던 며칠 전의 내가 그걸 거절했다.

지금 당장 돌아가서 한 대 패고 싶은데 그런 소설 같은 소원은 절대 이뤄지지 않는다.

설마 이렇게까지 멀 줄은 몰랐단 말이다.

나는 그 녀석들의 아이돌 활동과는 전혀 상관없는 타인이다 보니 당연히 교통비가 나올 리 없다.

그렇다면 당연히 그 녀석들이 사비로 택시를 부르게 되는데, 아무리 그래도 그건 좀 아닌 것 같아서 체면을 차린 게 문제였다.

톡 까놓고 말해서 돌아가고 싶다.

레이가 잊을 수 없는 추억을 만들자고 했으나 내 마음은 이미 반쯤 꺾인 상태였다.

"응……? 저건가?"

길 끝에 나무로 만든 집이 보였다.

저게 신기루가 아니라면 분명 내 목적지인 코티지다.

살았다──.

마치 산에서 조난이라도 당한 듯한 말이 자연스럽게 입 밖으로 새어나갔다.

가져왔던 물은 전부 마셔버렸고, 이 이상 걸어야만 했다면 죽음을 각오했을 거다. 간신히 쉴 수 있다고 생각하자 바닥을 치고 있던 체력이 조금이나마 부활했다.

어디, 코티지에 도착하기 위해서는 부지 안에 들어가기 위한 문에 숙박객용 카드키를 밖에서 대거나 안에서 열어줄 수밖에 없다.

당연히 나는 카드키가 없으므로 그녀들에게 열어달라고 하기로 했다.

먼저 스마트폰을 꺼내 레이에게 전화를 걸었다.

"……여보세요."

『응…… 으어…….』

"자다 깼냐. 지금이 몇 신 줄 아는 거야."

『좋은 아침……?』

"이미 점심 먹을 때거든. 우선 문 열어주지 않을래? 몸에서 살이 타는 냄새가 나."

『과장…….』

"시끄러워. 빨리 열라고."

『네…….』

그로부터 잠시 후 눈앞의 문이 천천히 열리기 시작했다.

부지 안으로 발을 들여놓자 코티지 쪽에서 익숙한 금발이 이쪽을 향해 걸어오는 게 보였다.

"잘 왔어, 린타로."

"야……. 여기까지 한참 걸어야 했잖아."

"미안, 말 안 했던가."

"아니, 말했어. 확실히 말했어. 그래서 지금 나는 여름의 더위 때문에 막무가내로 화풀이하는 것뿐이야."

"의외로 냉정하네. 우선 시원해져야 하니까 안에 들어와."

레이가 안내하는 대로 나는 코티지 안에 들어갔다.

목재 특유의 향기가 코를 간질이는 실내는 확실히 냉방이 돌아서 아주 시원했다.

창문에서는 이야기로 들었던 프라이빗 비치가 보였는데, 햇빛을 반사해서 반짝반짝 빛나는 파도가 밀려들었다가 물러나기를 반복했다.

"맹물이면 돼?"

"응? 어, 어어."

그 광경을 정신없이 구경하고 있었더니 어느새 냉장고까지 이동했던 레이가 페트병을 하나 던졌다.

시원하게 식힌 물이다.

나는 서둘러 뚜껑을 열고 안에 있는 물을 목으로 흘려 넣었다.

"──크으! 죽인다⋯⋯."

"이렇게 행복해하는 린타로 처음 봐."

"지금 살아있다는 걸 절절히 실감하는 중이거든⋯⋯. 이런 얼굴이 될 만도 하지."

열을 머금고 있던 몸이 시원해지면서 뇌도 본래의 활동을 되찾았다.

몸을 괴롭히는 행위는 별로 좋아하지 않지만, 이렇게 물이 맛있어진다면 가끔은 괜찮을지도 모른다.

"──어라? 드디어 왔구나, 린타로."

"응?"

어느새 천장이 뚫린 2층에서 미아가 우리를 내려다보고 있었다.

그녀는 그대로 1층으로 내려오더니 냉장고로 가서 내가 마시는 페트병과 같은 물을 꺼냈다.

"너도 이제 깼어?"

"뭐 그렇지. 어제까지 땡볕 아래에서 계속 촬영했으니까 의외로 피곤했었나 봐."

"아하⋯⋯. 그런 거라면 미안하네."

이건 레이에게 하는 사과였다.

아침에 강하지 않은 그녀이니 갑자기 깨워서 상당히 힘들었겠지.

"으으응. 린타로가 여기까지 걸어온 건 내 책임이야. 억지로라도 택시에 태웠어야 했어."

"체력이 남아도는 남자 고등학생을 그렇게까지 챙길 필요 없어. 신경 쓰지 마."

좋아, 허세 부릴 정도의 여유는 돌아왔구나.

"그래서 카논은?"

"아, 그 애라면——."

미아가 2층을 가리켰다.

그러자 어디선가 문이 열리는 소리가 들리더니, 난간 저편에서 빨간 머리카락으로 덮인 머리통 절반이 보였다.

"으응…… 뭐야. 시끄러워……."

"카논, 린타로 왔어."

"어엉? 드디어?"

계단에서 머리카락을 풀어헤친 카논이 내려왔다.

무대 위에서는 트윈테일이 트레이드마크인 그녀가 머리카락을 풀고 있으면 역시 평소보다 어른스럽게 보인다.

하지만 문제가 하나.

그녀는 아마도 잠옷인 듯한 캐미솔을 입고 있었는데, 어깨끈이 내려가서 가슴이 보일락말락 했다.

솔직히 관심이 없다——고 하는 건 아무리 그래도 거짓말이지만, 거짓말이기 때문에 나는 말없이 카논에게 등을 돌렸다.

"웅……? 뭐야. 왜 고개 돌리는 건데."

"카논, 가슴 보일 것 같아."

"어?"

레이, 너무 대놓고 말했잖냐.

"리, 린타로 바보! 변태!"

"사과 안 한다. 내가 온다는 걸 알면서 그런 차림으로 나온 건 너잖아."

"그건 맞는 말! 미안해!"

부리나케 2층으로 돌아가는 발소리가 들렸다.

이렇게 솔직한 면은 역시 카논의 장점이다.

러브코미디에 흔히 나오는 것처럼 부당하게 얻어맞는 일이 없어서 안심이다.

"맞다, 린타로. 사실 우리 아직 아침을 안 먹었거든."

"지금 일어났으니 그야 그렇겠지."

"가능하다면 아침 겸 점심을 만들어줄 수 없으려나 하는데."

"흐음?"

나는 곁눈질로 레이에게 시선을 보냈다. 그러자 그녀도 고개를 끄덕여 미아에게 동의했다.

"촬영 시작하고 계속 린타로의 밥 못 먹었으니까, 슬슬 그리워졌어. ……부탁해도 돼?"

"그렇게 말해준다면야 나쁘지 않지. 재료 있어?"

"냉장고에 많이 채워놨어. 바비큐용 고기가 많지만……."

바비큐도 가능한 거냐. 나중에 해줄까.

우선 냉장고를 열어보자 확실히 다양한 재료가 채워져 있었다.

채소에 고기는 얼추 다 갖춰져 있고, 조미료는 대략적인 게 많지만 아주 손이 많이 가는 요리를 만들려고 하지 않는 한은 아무 불편도 없을 것 같다.

"그럼 소금 야키소바라도 만들까."

우선 빠르게 만들 수 있는 걸로 때우라고 하자.

적당히 돼지고기와 파, 양배추를 들고 야키소바 면을 그 위에 올렸다.

나는 풀어지는 얼굴을 누가 보기 전에 서둘러 부엌으로 향했다.

사실 이 코티지의 부엌이 소위 '아일랜드 치킨'이라는 걸 확인한 뒤로 써보고 싶어서 안달이 난 상태였다.

참기름을 두른 프라이팬 위에 4인분의 면을 넣고 한입 크기로 썬 채소와 고기를 함께 볶는다. 소금후추, 소량의 마늘과 간장으로 맛을 내면 일단은 완성.

평소에는 여기에 곁들일 메뉴도 하나 추가했을 테지만 여기까지 오는 데만 상당한 체력을 사용해버렸기 때문에 이런 부분에서 조금 농땡이치기로 했다.

그나저나—— 나쁘지 않네. 아일랜드 키친.

가스레인지가 아니라 인덕션이라서 느낌이 상당히 달랐지만, 익숙해지자 조절하기 쉬워서 아주 편리하다.

더불어 새집 부엌보다도 더 넓었다.

역시 움직이기 편한 게 정의다 이건가.

"어라? 좋은 냄새잖아. 린타로가 밥 만들었어?"

"그래. 다 됐으니까 빨리 테이블에 앉아."

"잘했어!"

티셔츠에 반바지라는 모습으로 나타난 카논이 계단 중간에서 뛰어내렸다.

상당히 높았는데도 아랑곳하지 않는 모습을 보면 역시 신체 능력이 뛰어나다는 걸 재인식하게 된다.

"여전히 린타로는 순식간에 만드는구나……. 나는 도저히 흉내 내지 못하겠어."

"이런 건 세상 전업주부들에 비하면 한참 멀었는걸. 나는 아직 수행 중이야."

한눈에 바로 보이진 않을지도 모르지만, 세상 주부들은 정말 매일같이 대단한 일을 하고 있다. 나는 영원히 그런 선인들을 존경할 것이다.

"바꿔 말하자면 나는 너희 같은 건 못 하잖아. 그걸로 무승부인 거지."

"흠, 그도 그렇네."

"우선 먹어. 양은 적지만 지금이 아침인 너희를 위해 줄인 거야. 불평하지 말고. 대신 저녁은 배가 터지도록 먹여주마."

테이블에 따끈따끈한 야키소바를 놓은 뒤 우리는 식사를 시작했다.

고작 한 덩어리 크기의 면으로는 역시 세 사람에겐 별 대단한 양이 아니었던 건지 순식간에 접시 위에서 사라졌다.

그만큼 저녁은 바비큐를 해서 배부르게 먹게 해줘야지.

"""잘 먹었습니다."""

"오냐. 천만에."

입을 모아 말하는 세 사람의 접시를 층층이 올려 내 접시와 함께 싱크대로 가져갔다.

그대로 설거지를 시작한 내 옆으로 어째서인지 레이가 다가왔다.

"린타로."

"왜?"

"이제 바다에서 놀 거니까 갈아입고 밖으로 나와줘."

"……벌써?"

시각은 오후 1시. 확실히 바다에 들어가기 딱 좋은 시간대다.

밖은 여전히 더워 보였다.

"어제까지 촬영하면서 입었던 수영복 그대로 받았어. 지난번에 목욕할 때와는 다른 거니까 기대해줘."

"……오냐."

담백하다고 생각하지 마시길. 여기서 '그래! 기대할게!'라고 말할 순 없잖아. 부끄럽다고.

"어라? 그런 거라면 나도 자신 있어. 패션의 프로가 골라준 수영복이니까."

"나도 저쪽에서 아주 예쁜 걸 골라줬거든! 기대해도 좋아! 린타로!"

그렇게 말하고 위층으로 갈아입으러 가는 두 사람.

그리고 그 뒤를 따라 레이도 위층으로 올라갔다.

혼자 남은 나는 설거지를 마치고 한숨을 쉬었다.

대체 얼마를 내야 이런 대흥분 시추에이션을 즐길 수 있을까. 수영복을 입은 톱 아이돌 삼인방에게 둘러싸인다니―― 이쯤 되면 나 같은 일반인에게는 감당할 수 없는 상황이다.

싫다기보다는, 행복하다기보다는 짐이 무겁다.

팬에게 들키면 명석말이 확정이겠지. 그렇게 생각하니 오한마저 들었다.

"……뭐, 그렇다면 더욱 지금을 즐기기로 할까."

어차피 내 인생의 물거품과도 같은 시간이다. 기왕이면 즐겨주마.

한발 먼저 옷을 갈아입은 나는 샌들을 신고 모래사장으로 향했다.

수영복만 덜렁 입고 있어도 덥다.

나는 피부가 지글지글 타들어 가는 감각을 절절히 느끼면서 바다로 시선을 던졌다.

"……몇 년 만이지?"

영상이나 사진 말고 바다를 본 건 정말로 10년 만── 어쩌면 그 이상이다.

애초에 언제 봤는지조차 기억나지 않는 시점에서 먼 옛날 일이라는 건 이해할 수 있을 테지.

음, 새삼 눈앞에 보이니까 나잇값도 못하고 기분이 고양된다.

물 자체도 비교적 맑고 파도도 잔잔하다. 헤엄치기에는 딱 좋은 시추에이션이겠지.

아무튼 여기서 세 사람을 기다리는 중인데, 이미 조금 더 코티지 안에 있을 걸 그랬다고 후회하기 시작했다.

땀이 멈추지 않는다.

이대로는 큰일이라고 판단한 나는 코티지 안에서 준비해온 아이스박스를 열었다.

카키하라 일행과 수영장에 갔을 때도 신경 썼던 부분이지만,

물속에서는 내가 수분을 잃어버렸어도 깨닫기 어렵다.

그래서 이렇게 언제든 마실 수 있는 위치에 마실 것을 준비해둘 필요가 있다. 이렇게 인기척이 없는 곳에서 컨디션에 문제가 생기는 건 상당히 큰일이니까.

"……음."

물을 마시며 기다리고 있었더니 코티지 방향에서 발소리가 들렸다.

그쪽을 돌아보자 그곳에는 **세 명의 여신**이 서 있었다.

"린타로, 기다렸지?"

그렇게 말하며 손을 흔든 사람은 검은색 수영복을 입은 미아.

가슴을 받쳐주는 좌우의 천을 같은 색의 끈이 신발 끈처럼 이어주고 있으며, 하반신 쪽도 마찬가지로 좌우 허리 부분을 끈이 연결해주고 있었다.

소위 레이스업이란 거겠지.

끈으로 여민 부분 아래에는 당연히 천이 없어서 살색이 선명히 노출되어 있었다.

그로 인해 천 면적이 넓다는 인상을 주는데도 섹시함이 조금도 잃지 않았다.

그리고 그런 딱딱한 인상을 주는 검은색 수영복을 소화해내는 건 오로지 미아의 몸매 덕분이겠지.

크기만 따진다면 레이에게는 아주 조금 밀리지만, 그래도 미아의 가슴은 또렷하게 존재감을 주장하고 있다.

마침 계곡에 다리를 놓듯이 천을 잡아당기는 끈은, 자중하지 않고 말한다면 '야하다'.

"후후후……! 마음껏 황홀해하라고! 내 수영복 모습에!"

허리에 손을 올리고 가슴을 편 카논은 그녀의 매력을 크게 끌어내는 수영복을 입고 있었다.

오프숄더처럼 어깨끈이 없는 타입의 수영복으로, 아래쪽에서 받쳐주는 타입의 수영복과는 다르게 옆에서 가슴을 중심으로 모아주는 형태였다.

그러니까 저게 밴드 비키니였던가?

솔직히 여기까지 오면 내 지식으로는 애매모호하다.

늘씬하게 뻗은 탄탄한 다리는 참으로 건강해 보여서 자연스럽게 시선이 끌려 들어갔다.

카논의 특징인 발랄한 이미지와 본래는 공존하기 어려운 성숙미가 훌륭하게 어우러졌다.

"린타로……, 어때?"

그리고 마지막 한 사람──.

레이는 지난번의 검은색과는 정반대로 하얀색 수영복을 입고 있었다.

그 하얀색 속에 세밀한 하늘색 자수가 들어가서 선명한 악센트로 작용했다.

수영복의 종류는 가장 일반적으로 떠올릴 수 있는 표준적인 비키니.

삼각형의 천이 풍만한 가슴을 감싸며 아름다운 가슴골을 강조하고 있었다.

면적으로 따지면 카논과 약간의 차이로 레이가 제일 작다.

따라서 그녀의 하얀 피부가 유감없이 드러나 있었다.

그 하얀색은 마치 인외의 존재—— 판타지 세계에 나오는 엘프를 연상하게 했다.

뭐 실제로 본 적은 없지만. 예를 들면 그렇단 소리다.

"너희들…… 내가 평생 쓸 운을 다 써버릴 생각이냐?"

"으음? 그건 칭찬일까?"

"내 안에선 그래. 덕을 얼마나 쌓아야 너희 같은 미녀들과 바다에 올 수 있는 거냐…… 같은 생각이 드네. 잘 어울려."

"어…… 으, 응. 뭔가 그렇게 직설적으로 들으니까…… 그게, 응."

미아는 직구로 칭찬을 꽂으면 허용량을 초과해버리는 타입인가.

그와 대조적으로 히죽히죽 웃고 있는 빨간색 트윈테일.

"어머나! 어머어머어머! 혹시 오늘만큼은 진짜로 황홀해진 거야?! 혹시 수영복 페티시즘? 그런 거라면 더 가까이서 봐도 되는데. 자자!"

"말하는 게 어르신 같아……."

"뭐라고?! 탱탱한 여고생이거든요오오오오?!"

탱탱하다고 말하는 게 또 어르신 같단 말이지.

레이도 미아도 고개를 주억거리는 걸 보면 둘 다 같은 의견인 모양이다.

"뭐야! 너희들까지! 됐어! 그보다 린타로, 너한테 부탁이 있는데."

"뭔데, 뜬금없이."

"이거 뭔지 알지?"

그렇게 말한 카논이 나에게 무언가를 건넸다.

피부의 친구, 선크림이다.

강렬한 햇살은 아프기만 할 뿐이니까 나도 꼼꼼히 바르고 나왔다.

"그야 아는데, 뭐 어쩌라고."

"발라줘."

"뭐?"

"그러니까! 우리에게 발라 달라고!"

카논이 하는 말을 이해할 수 없어서 내 머리는 잠시 굳어버렸다.

나한테 아이돌의 맨살을 만지라는 말씀이신지?

"무슨 헛소리를 하는 거야 너 이게 진짜 확."

"여기서 폭력?! 얼굴은 안돼!"

"아무 데도 안 때릴 거거든 얕보지 마! 누구보다 너희 몸을 걱정하는 게 나라고 바보야!"

"폭언 속에 상냥함을 섞지 말라고!"

──후, 한바탕 큰소리를 낸 덕분에 혼란은 가라앉았다.

여기서부터는 냉정하게 대화하자.

"너희 말이다. 이 몰상식한 녀석이 무슨 소릴 하는 건지 번역해 주지 않을래?"

"어? 혹시 몰상식한 녀석이 나야?"

"너 말고 누가 있는데. 남자에게 선크림을 맡기지 말라고 성교육 때 안 배웠어?"

"그렇게까지 핀포인트로 배운 적 없거든!"

어떠한 형태로든, 그야말로 생명의 위기라도 닥치지 않은 한

애인도 아닌 남자에게 피부를 만지게 하는 건 아웃이다.

그래, 나는 어마어마하게 퓨어하다고.

이 사태를 선뜻 받아들였다간 평생의 행운을 다 써서 내일 죽을 것 같다는 생각은 전혀 안 했다.

나는 어디까지나 카논을 걱정해서 하는 말이다. 진짜거든?

그런 나와 카논의 대화를 웃으면서 지켜보던 미아가 체념한 듯 입을 열었다.

"워워, 너무 카논에게 뭐라고 하지 말아줘. 이건 우리도 동의한 거야."

"뭐? 너희 혹시 나를 식물 같은 걸로 착각하는 거 아니야?"

"식물에 필적할 정도로 손을 안 댄다는 생각은 했지. 일단은 톱 아이돌이란 소릴 듣고 있는데 좀 자신감이 사라질 정도로."

"나는 적절한 절차를 밟지 않은 한 절대로 손을 대지 않는 인간이야. 오히려 남자답단 소릴 들어도 되지 않냐."

"그렇다면 오히려 안심이지. 이상한 속셈 없이 선크림을 부탁할 수 있잖아."

"으……."

어라? 적당히 구워 삶아지고 있는 기분이 드는데.

"딱히 전원을 다 발라 달라는 건 아니야. 한 명만 골라서 바르면 돼."

"하아……. 그냥 너네끼리 바르면 되지 않아?"

"여기서 네가 선택한 인간이 오늘 밤은 너와 같은 방에서 자게 되어있어."

"지옥이냐?"

뭔데 그 궁극의 선택지──.

아까 코티지 안을 한 바퀴 산책해봤는데, 2층에는 침실 두 개가 전부였다.

안에는 침대가 둘. 즉 한 방에 두 명만 잘 수 있다.

선크림을 바르는 단계에서도 고뇌할 걸 뻔히 알고 있는데, 그 다음에 한 단계가 더 있다니 이쯤 되면 포상을 넘어서 벌칙이다.

"지옥이라니 듣기 안 좋네. 이런 미소녀들과 같은 방에서 잘 수 있다니 오히려 고맙다는 말을 듣고 싶은 정도인데?"

"못 해. 애초에 그렇게 해서 너희가 얻는 이득은? 내가 거실 소파에서 자는 것보다 더 이득이 있다면 꼭 알려줘라."

"어? 여자로서 자신감이 생긴다거나?"

"그래, 잘 알았다. 너희 반쯤 재미로 시작했지?"

내 질문에 세 사람은 동시에 고개를 끄덕였다.

그렇구나. 이건 나를 놀려먹는 거다.

이렇게 된 이상 철저하게 이용해주마.

"⋯⋯알았어. 그럼 한 명 고르면 되는 거지?"

"뭐, 뭐야. 갑자기 적극적으로 나오다니."

"카논, 이리 와."

"어?!"

나는 카논의 팔을 잡고 그대로 모래사장 중앙에 설치된 파라솔 아래로 향했다.

파라솔 아래에는 휴식용 매트가 깔려 있어 언제든지 앉아서 쉴 수 있는 구조다. 나는 거기에 카논을 엎드리게 했다.

"자, 잠깐만! 나야?! 정말로?!"

"오냐. 정말로 발라줄 테니까 각오해."

"잠깐만! 두근거린다고! 지금 무지막지 두근거리니까! ──히익?!"

카논의 등에 선크림을 짰다.

그리고 두 손에도 넉넉하게 짠 뒤 손바닥을 쓱쓱 문질렀다.

"린타로……."

"어? 뭔데, 레이."

"카논하고 같이, 자고 싶어……?"

괴로운 듯 애절한 표정으로 그렇게 물어보는 레이에게 시선을 던졌다.

나는 한숨을 한 번 쉬고는 선크림으로 미끈미끈해진 손으로 레이에게 손짓했다.

"레이, 이리 와. 미아도."

"어? 나도?"

경계도 하지 않고 걸어오는 두 사람을 카논을 중앙에 두고 좌우에 서게 했다.

이걸로 준비 끝.

"──응? 뭔가 불길한 예감이 드는데?"

카논의 말을 무시한 채 나는 그 등에 슬쩍 **발을 올렸다**.

그리고는 좌우의 손을 각각 레이와 미아의 등에 올렸다.

"그럼 시작한다."

쓱쓱, 쓱쓱.

오른발과 두 손을 교묘하게 움직이며 **세 명 동시**에 선크림을 발랐다.

잠시 침묵.

이윽고 입을 연 건 절찬 등을 밟히고 있는 카논이었다.

"──뭐, 뭔데 이거?! 아이돌을 밟다니 무슨 짓이야?!"

"내가 고른 녀석이 나와 같은 방을 쓴다며? 그러니까 셋 다 골랐어. 너희 중 두 명 정도라면 같은 침대에서 잘 수 있을 테고, 그러면 침대는 두 개면 되잖아. 나는 바닥에서 잘 테니까 전부 해결."

"그렇다고 해도 왜 나만 밟히는 건데?! 괴롭힘?! 괴롭히는 거야?!"

"시끄러워. 너만 고르지 않은 걸로 치고 독방 쓰게 한다."

"이거 괴롭힘이야! 내 두근거림 돌려줘!"

조금은 두근거린 게 맞냐. 귀여운 구석도 있잖아.

하지만 나에겐 여자를 밟는 취미는 없다.

어느 정도 쇼가 끝난 타이밍에 나는 발을 치웠다.

"이런, 이거 룰의 허점을 찔렀네. 뭐, 린타로답다는 느낌이긴 해."

"미안하다. 놀림당하기만 하는 건 성미에 안 맞거든."

"……사실 100% 놀림만 있는 건 아니었는데."

"어?"

미아의 시선이 레이를 향했다.

그리고 레이는 어딘가 안도한 얼굴로 나를 보고 있었다.

"나는 린타로와 같은 방 쓰고 싶었어."

"……그러십니까."

여전히 이 녀석은 남을 쑥스럽게 만드는 말을 태연하게 한다.

그 점이 짜릿하지도 동경하게 되지도 않지만 듣는 쪽에서는 안절부절못하게 된다.

내가 지켜온 페이스가 순식간에 박살 나 버리면, 좋게도 나쁘게도 부활하기까지 시간이 걸린다.

"거기, 꽁냥거리지 말고 우선 끝까지 발라주지 않을래? 어중간하게 바르면 불완전연소인걸."

"……이제 내가 할 필요 없지 않아?"

"한 번은 손을 대놓고 무슨 소릴 하는 거야. 끝까지 책임져 줘."

오해를 부르는 표현을 쓰고 말이야. 미아도 그걸 알고 있으니 아까부터 계속 히죽거리는 거겠지. 정말로 만만치 않은 녀석이다.

——어쩔 수 없지.

한 번 손을 댔네 운운은 그렇다 치고, 선크림을 손바닥에 묻힌 이상 다 쓰지 않으면 아깝다.

"알았어. 등만은 발라주마."

"아프게 하지 말아줘."

"너 진짜 작작해라?"

계속 히죽거리며 놀리는 미아에게 정색하며 나는 우선 여전히 엎드려있는 카논부터 바르기로 했다.

벌써 상당히 피곤해졌는데 이다음은 밤도 있다.

그렇게 생각할수록 즐거움보다 공포가 살짝 더 컸다.

아무튼 선크림이나 바르자———.

"그럼 카논부터 할게."

나는 엎드린 카논 옆에 무릎을 꿇고 이번에는 발이 아닌 손을 올렸다.

첫 타자로 카논부터 착수하는 건 발로 밟아버린 것에 약간 죄책감이 있었기 때문이다.

말했다간 약점을 잡았다는 양 날뛸 테니까 말하지 않을 거지만.

"앗, 차거."

"참아."

조금 부족했기 때문에 선크림을 조금 더 추가로 짠 뒤 카논의 등에 펴 발랐다.

여드름 하나 없는 깨끗한 등이다.

뭘 먹고 어떻게 생활하면 이런 깨끗한 피부를 유지할 수 있는 걸까.

"오…… 너 잘하네."

"선크림 바르는 거에 잘하고 못하고도 있어?"

"손길의 차이야. ……뭐, 하는 쪽은 모를 테니까 됐어."

"?"

잘 이해할 수 없었지만, 혐오감을 느끼는 게 아니라면 그게 제일이다.

전체적으로 다 바르고 나자 카논은 고맙다고 하고 일어나더니 나에게 등을 보인 채 앞쪽에도 바르기 시작했다.

대신 엎드린 사람은 미아였다.

"그럼 다음은 날 부탁할게."

"예압."

카논도 그랬지만, 의외로 등근육이 탄탄하구나── 같은 생각을 하며 마찬가지로 선크림을 발랐다.

먼저 어깨뼈 주변. 거기서부터 조금씩 허리까지 내려가는데.

"아앙."

"……"

"응…… 거긴 안 돼…… 린타로…….."

옆구리 부근을 바를 때 어째서인지 미아가 요염한 목소리를 냈다.

그만해. 이쪽은 반응하지 않으려고 의식을 저 멀리 날려버린 상태니까.

"린타로…… 잘하네."

"너도 발로 충분할 것 같다."

"잠깐, 잠깐만! 잘못했어!"

일어나서 발을 올리려고 하자 미아는 쓴웃음을 지으며 부리나케 말렸다.

알면 됐다. 알면.

"끄응……. 의외로 강적이구나, 너."

"이걸로 질렸으면 경솔하게 놀리려 들지 말고."

"그건 싫어. 난처해하는 네 얼굴은 의외로 재미있거든."

역시 마왕. 내 고통조차 즐기다니.

"뭐, 지금은 이쯤에서 멈추기로 할까. 공주님이 화난 모양이니까."

"어?"

문득 레이를 보자 그녀는 부루퉁한 얼굴로 우리를 보고 있었다.

아하, 확실히 이건 서두를 필요가 있을 것 같다.

"후우, 고마워. 자, 레이. 교대."

"……응."

미아가 물러나자 대신 레이가 엎드렸다.

"린타로, 부탁해."

"……어."

아니, 뭘까.

이렇게까지 호감을 적나라하게 드러내면 단단히 붙잡고 있던 마음이라고 해도 흔들리기 마련.

더불어 레이의 맨살을 보자 그때 욕실에서 있었던 일이 생각나서 얼굴이 뜨거워졌다.

안 돼. 여기서 반응하면 내 인생은 끝장이다──.

나는 눈을 감고 그녀의 등을 만졌다.

"응…… 조금 더 세게 발라줘."

"풉!"

위험해라. 코피가 터질 뻔했네.

미아와 다르게 이 녀석은 꿍꿍이 없이 자연스럽게 요염한 목소리를 내고 있다는 걸 알다 보니 주의를 줄 수도 없다.

이미 아는 사실이긴 하지만, 내가 대면한 상대 중 가장 페이스를 무너트려 대는 건 틀림없이 이 녀석이다. 그걸 아무런 의도 없이 저질러서 악질이다.

"응…… 앗."

"레이……. 조금만 더 목소리 참아."

"하, 하지만…… 린타로……, 간지, 러워."

이 자식, 이쯤 되면 살인 병기라고.

이성과 욕구가 몸속에서 난동을 부린다.

파이팅, 파이팅, 린타로. 너는 하면 되는 녀석이다. 골치 아픈 욕망의 괴물을 강한 이성으로 제압해라.

"앗, 거기…… 안 돼."

"──윽!"

음, 한계다.

나는 매달리는 듯한 시선으로 카논을 보았다.

"내 도움이 필요한가 보네."

"그래……. 부탁한다."

"어금니 꽉 깨물어."

크게 휘두른 카논의 주먹이 뺨에 꽂혔다.

지금은 이 통증마저 감사하다.

얼얼한 뺨의 통증 덕분에 내 안의 욕망이 일시 후퇴했다.

"고마워, 살았어."

"천만에. 힘들 때는 돕고 살아야지."

카논과는 언젠가 좋은 절친이 될 수 있을지도 모르겠구나.

목소리가 큰 게 옥에 티지만.

"오호라……. 저런 식으로 소리를 내면 린타로가 흥분한다는 거지."

"너도 참 글러 먹은 생각만 하는구나."

미아에게 태클을 걸면서 레이의 등에 선크림을 마저 다 발랐다.

휴우, 간신히 끝났네.

다 끝났다는 걸 알리기 위해 등을 탁탁 두드리자 레이는 조금 호흡이 흐트러진 상태로 일어났다.

뭔가 일일이 섹시하단 말이지.

"고마워, 린타로. 기분 좋았어."

나와 카논이 동시에 뿜었고, 그 미아조차 입을 누르며 웃음을 참았다.

우리의 반응을 이해하지 못한 건 레이뿐이었다.

"어, 우선 다 발랐으니까 너희 바다 들어갈 거야?"

"으으응, 아직. 린타로가 안 끝났어."

"아니, 난 혼자 발랐──."

내 말을 가로막듯 미아와 카논이 좌우에서 팔을 꽉 붙잡았다.

무슨 일이냐고 어안이 벙벙해진 사이에 나는 직전까지 레이가 엎드려있던 매트 위에 얼굴을 박으며 쓰러트려졌다.

"자자, 한 번 더 바르지 않으면 나중에 큰일 난다?"

"맞아. 우리도 받기만 하는 건 면목이 없으니까. 보답으로 구석구석 꼼꼼히 발라줄게."

이 자리에서 벗어나기 위해 발버둥 쳤지만 평소 운동에 운동을 거듭하다시피 하는 그녀들에겐 당해낼 수 없었다. 자세가 불리하다는 요소를 포함해도 약간 충격을 받고 있을 때, 내 몸에 걸터앉듯 레이가 올라탔다.

이젠 틀렸다. 도망칠 수 없다.

"린타로, 가만히 있어."

"하, 하지 마──."

등에 오싹오싹한 쾌감이 내달렸다.

"……너무해."

"최고가 아니고? 아이돌 셋이 몸을 여기저기 만져줬는데?"

"나는 몸을 더 소중히 하고 싶다고."

"그거 남자 쪽에서 나올 말이 아니거든."

결국 구석구석 선크림을 바르게 된 나는 파라솔 아래에 널브러져 있었다.

아직 바다에 들어가지도 않았는데 일어나는 게 나른할 정도로 피곤하다.

반면 원흉 세 사람은 쌩쌩해서 피해자와 가해자의 차이를 여실히 보여주고 있었다.

그런 와중에도 이 녀석은 나에게 손을 내밀었고──.

"린타로, 가자."

"……오냐."

그리고 나는 이 녀석의 권유를 거절하지 못한다.

레이의 손을 잡고 일어났다.

목적지는 새파란 바다.

물에 발목까지 담그자 혈관이 시원해져서 체온이 내려가는 듯한 느낌이 기분 좋았다.

"이거 좋네……."

"린타로?"

"응? 푸억?!"

목소리가 들린 방향으로 고개를 돌리자 그 순간 얼굴에 물이 뿌려졌다.

입 안이 짭짤해져서 퉤퉤 바닷물을 뱉었다.

"뭐 하는 거야?!"

"억울하면 반격해."

"야야, 내가 그런 어린애같은 짓을——."

——아니, 이럴 때니까 가능한가.

우리 말고는 아무도 없는 이런 장소에서 어른스러운 척하는 게 더 꼴사나운 짓일지도 모른다.

모처럼 그 레이가 분위기를 띄우려 하고 있으니까. 즐기지 않으면 손해지.

"알았어. 매일매일 설거지로 단련한 물과의 친화력을 보여주마."

"그거 아마 상관없—— 앗."

"빈틈!"

물을 떠올려 레이의 몸에 뿌렸다.

내가 적극적으로 나오자 미소가 진해진 그녀는 응전하듯이 물을 뿌렸다.

"어휴! 그러니까 꽁냥거리지 말라고!"

"우리도 끼워줘야지."

철퍽철퍽 물을 가르면서 카논과 미아도 참전했다.

고등학생 네 명이 제 나이를 잊고 와왁거리며 물싸움.

본래대로라면 구경하기만 해도 낯 뜨거워지는 광경이지만, 그런 건 신이 나서 열중하다 보면 의외로 나쁘지 않다.

"평소의 원한이다! 레이! 받아라!"

"앗……."

카논이 물을 날리자 레이는 그걸 어떻게든 피하려고 했다.

그 방향에 있는 게 나였다.

충격에 발이 모래에 걸린 나는 그대로 레이와 함께 물속으로 입수했다.

시원하고 파란 물속에서 레이의 금빛 머리카락이 일렁거렸다.

그 아름다움에 감탄한 내 입에서 수십 개의 공기방울이 빠져나갔다.

뭐야. 여름도 의외로 나쁘지 않네.

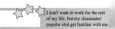

"비치발리볼 하자!"

바다에서 나와 수분을 보충하는 우리에게 카논이 불쑥 그렇게 외쳤다.

그 손에는 공을 들고 있었는데, 그녀는 그걸 즐겁다는 듯 하늘로 들어 올렸다.

"넷이서 랠리를 이어가다가 떨어트린 사람이 다른 세 사람의 소원을 하나씩 듣는 거야!"

"마음대로 정하지 마……."

"어? 뭐야. 도망치게?"

조롱하듯 히죽히죽 웃는 카논을 앞에 두고 내 이마에 핏줄이 두드러졌을 것이다. 하지만 바다에서는 어린아이처럼 소란을 피웠지만 어른이 되어야 할 때는 어른이 되어야만 한다.

즉, 나는 이런 도발에는 넘어가지 않는다는 소리다──.

"오냐. 그 도전 받아주마."

──같은 생각은 전부 이 말을 뱉은 뒤에야 머리를 스쳤다.

이미 나는 승부를 받아들이고 말았다. 돌이킬 수 없다.

이미 조금 후회하고 있지만.

"그렇게 나오셔야지. 너희도 할 거지?"

"물론이야. 이렇게 재미있어 보이는 일에 빠질 수 없지."

그렇게 대답한 미아 옆에서 레이도 고개를 끄덕였다.

이렇게 우리의 모래사장 데스매치가 개최되었다.

카논은 먼저 물가에서 조금 떨어진 곳까지 이동하더니 바닥에 떨어진 나뭇가지를 주워 모래사장에 커다란 동그라미를 그렸다.

"공을 떨어트린 사람이 진다는 규칙이면, 아무튼 멀리 날려서 도저히 따라잡지 못하게 해 버리면 이기게 되잖아? 그러니까 공이 링 밖에 노터치로 떨어지면 마지막으로 닿았던 사람이 범실한 걸로 치자."

"아하, 그럼 게임이 바로 끝나지는 않겠네."

"그리고 라이프는 둘! 떨어트리거나, 지금 말한 것처럼 링 밖으로 쳐서 라이브가 제로가 되면 패배야. 그리고 같은 사람이 두 번 연속으로 공에 닿아도 라이프가 깎여."

즉흥 게임치고는 규칙이 탄탄하다.

벌칙만 걸려있지 않았다면 분명 즐거운 게임이 되었겠지.

"저기, 공 경합은 어떻게 해?"

레이의 질문은 타당한 의문이었다.

딱 사람과 사람 사이에 공이 떨어졌을 경우, 서로가 상대방에게 맡겨서 리시브하지 않을 가능성이 있다. 그러면 누구 범실인 건지 알 수 없다.

"그 경우엔 둘 다 범실인 걸로 하자. 떨어트리고 싶지 않으면 말을 해서 신호 보내. 그리고 자기가 받겠다고 해놓고 일부러 안 받는 것도 범실로 칠 거야."

"그래, 알았어."

괜찮은 규칙이었다.

이 규칙이 있으면 애초에 경합 자체가 일어나지 않으니까.

선언 페인트를 금지한 것도 좋은 판단이다.

예를 들어 내 라이프가 두 개고 레이가 하나 까인 상태일 때, 나와 레이 사이에 떨어지려는 공을 내가 받겠다고 하고 상대방의 행동을 방해하면 경합 규칙에 기반해 둘 다 라이프를 하나씩 잃어서 자동적으로 라이프가 남아있던 내 승리가 된다.

이런 식으로 게임이 끝나버려도 좀 허탈하다.

"벌칙으로 명령하는 내용은 뭐든 괜찮은 거야?"

"상식적인 범위 안이라면 괜찮지 않아? 그 선을 넘어버릴 사람들도 아니잖아."

그건 그렇다. 진짜로 싫어할 법한 명령을 할 마음은 없다.

기껏해야 조금 쪽팔리게 하는 정도지.

"그럼 각자 위치로 흩어져."

벌칙이 있다는 독특한 긴장감과 함께 나는 모래사장에 그려진 링 안으로 발을 들여놓았다.

안에 들어가 보니 밖에서 봤을 때보다 넓게 느껴졌다.

게임의 공략법 같은 거창한 건 없지만, 중요한 건 얼마나 아슬 아슬한 곳에 공을 날리냐일 테지. 욕심을 내자면 라인 위가 베스트. 아웃인지 인인지 판별하기 어려운 곳에 공이 간다면 상대방의 머리에 망설임이 생긴다. 그렇게 범실을 유도하면 이쪽의 승리.

다만——.

'……해본 적이 없단 말이지.'

학교 수업 말고는 배구 자체를 해본 적이 없다. 토스나 리시브

등 방식 자체는 안다. 다만 공을 몸으로 튕긴다는 감각을 모른다면 이 이상은 뭐라 말할 수 없다.

"규칙은 문제없다고 보지만, 만약을 위해 확인해보고 싶으니까 첫판은 연습이야. 여기서 떨어트려도 라이프는 안 줄어들어."

카논이 그렇게 말하자 나는 안도했다.

다행이다. 이걸로 공의 감각을 익힐 수 있다.

연습을 위해 우리는 몇 번 공을 주고받았다.

역시 정확하게 받아내는 게 어려워서 몇 번 빗맞는 바람에 헛돌기도 했지만, 그걸 반복하는 사이에 조금은 나아졌다.

뭐, 집중만 끊어지지 않는다면 처참하게 패배하는 일은 없을 테지.

"그럼 슬슬 본 경기 간다!"

드디어인가.

링 안에 퍼지는 특유의 긴장감.

공을 허공으로 띄운 카논은 그대로 손끝으로 하늘로 밀어 올리듯이 토스를 올렸다.

완만한 회전이 걸린 공은 천천히 나를 향해 떨어졌다.

'음…… 이 정도라면.'

나는 배구 경기에서 흔히 보는, 팔을 쭉 내밀고 손가락을 모아 잡는 기본적인 리시브 자세를 취해 공을 높이 띄웠다.

어느 정도 높이까지 올라간 공이 자유낙하를 개시한 장소는 마침 레이와 미아 사이였다. 내가 봐도 절묘한 포인트로구나.

"레이! 내가 갈게!"

"윽!"

공 아래로 이동하려던 레이가 발을 멈추고, 대신 미아가 낙하 지점에 자리를 잡았다. 그리고 처음에 카논이 했던 것처럼 손끝으로 토스를 올렸다.

토스가 올라간 곳에는 방금 막 발을 멈춘 레이가 있었다.

"응, 나이스 토스."

작게 중얼거린 레이는 높이 뛰어오르더니 몸을 활처럼 뒤로 확 꺾었다.

그 움직임을 보고 나는 언젠가의 광경을 떠올렸다.

그건 분명 여름방학 전. 체육 수업 때다.

네트보다 높이 뛰어오른 레이가 상대방 코트에 강렬한 스파이크를 때리는 모습을 나는 벽에 등을 기대며 구경했다.

위험해──.

그 생각이 떠올랐을 때는 이미 늦었다.

그녀의 손에 때려 박힌 공은 무시무시한 기세로 나를 향해 날아왔다.

내 생각이 안이했다. 스파이크를 하면 안 된다는 규칙은 어디에도 없다. 이것도 어엿한 초공격형 전략이다.

"큭……."

어쨌거나 리시브를 해야 한다.

다행히 배구 경기에서 사용하는 공과는 다르게 조금 크고 부드러운 공이다. 이거라면 팔로 받아도 큰 대미지는 없다.

──그래야 하는데.

"무…… 슨……?"

공을 받은 팔에서 근육이 삐걱거리는 소리가 났다.

나는 충격을 죽이기 위해 한층 무릎을 굽혀 몸의 탄성을 이용해 위력을 축소시키느라 애를 썼다.

하지만 그래도 공의 위력은 멈추지 않았다.

공은 퉁 하는 묵직한 소리와 함께 힘차게 링 밖으로 날아가 버렸다.

데굴데굴 굴러간 그 공을 보고 나는 입을 떡 벌렸다.

"말도 안 돼……."

"레이! 잘했어!"

카논의 칭찬을 받은 레이는 득의양양하게 코웃음을 쳤다.

"린타로. 이걸로 라이프 하나."

"이 자식……."

지금 알아챘다.

레이 녀석, 날 저격할 생각이구나?

아무래도 어떻게든 나에게 시킬 명령이 있는 모양이다.

"린타로에게 명령할 권리를 갖고 싶어. 그러니까 나는 널 노릴 거야."

"오냐. 어디 한번 해 봐라."

이렇게까지 선전포고를 받았으니 남자로서 가만히 있을 수는 없다.

유리한 건 나다.

레이는 나를 지게 만들고 싶은 거지만, 나는 내가 지지 않기만 하면 된다.

배틀로얄인 이 상황에서 특정한 한 명을 노리는 건 어려울 터.

'레이가 집착하는 한 이 승부는 이길 수 있어……!'

나는 확신하면서 떨어진 공을 주워들었다.

"재시작은 범실을 낸 사람부터 가도 되지?"

"그래. 문제없어."

"좋아."

나는 공을 손바닥으로 스르륵 돌리며 냉정하게 생각했다.

먼저 레이가 스파이크를 때리면 쉽게는 받아낼 수 없다. 설령 공을 띄웠다고 해도 링 밖으로 나가버릴 것이다. 그러면 내가 진다.

그렇다면 전략은 하나.

레이에게는 낮은 공을 보낸다. 철저히.

나는 공을 띄워 손끝으로 가볍게 토스를 올렸다.

진짜 경기라면 틀림없이 비난을 들을 높은 토스가 바로 레이를 향해 떨어졌다.

"으……."

예상한 대로 레이는 스파이크를 못 쓴다.

리시브 자세를 잡은 그녀가 팔로 공을 높게 띄웠다. 높이가 있으면 알아보기 어렵지만 틀림없이 링 안에는 들어왔다.

그걸 노린 사람이 가장 가까이 있던 카논이었다.

"린타로 노리기…… 나쁘지 않은데! 약해진 녀석을 노리는 건 기본이지!"

"뭐?!"

터무니없는 소릴 한 그녀가 달리면서 한쪽 팔로 공을 쳐올렸다.

다시 하늘로 날아오른 공이 이번에는 미아가 서 있는 장소로 떨어졌다.

"뭐, 나는 내 라이프가 줄어들 때까지는 지켜보는 걸로."

미아가 가벼운 터치로 올린 공은 적당히 날아간 것치고는 정확하게 카논에게 돌아갔다.

이런, 이러면 저 녀석에게는 그냥 스파이크 찬스다.

"하! 좋은 토스 고마워!"

그리고 그건 나에게는 대핀치라는 뜻이다.

레이가 그만한 스파이크를 때릴 수 있다면, 다른 두 사람도 비슷한 걸 날릴 수 있으리라는 쉽게 상상이 갔다.

한순간이라도 이길 수 있다고 생각한 게 잘못이었다.

몸을 뒤로 크게 젖히며, 내 상상대로 강렬한 스파이크가 지금 막 날아오려 하고 있었다.

카논이 노리는 표적은 틀림없이 내 몸.

"이걸로 끝장이다! 린타로!"

"아. 그러고 보면 카논의 가슴 사이즈는──."

"무슨 소리 하는 거야아아아아아아아아아! 이 망할 미아가아아!"

예상치 못한 도발을 받은 카논은 재주도 좋게 공중에서 표적을 바꿨다.

방향은 당연히 미아 쪽.

요란한 소리와 함께 날아간 그 공은 얼굴을 날려버릴 듯한 기세로 미아를 향해 달려들었다.

하지만——.

"역시 카논은 다루기 쉽다니까."

미아는 목을 옆으로 휙 꺾어서 그 공을 가볍게 회피했다.

공의 기세는 당연히 약해지지 않은 채 링 밖에 있는 모래에 퍽 하고 꽂혔다.

링 밖으로 공을 떨어트려 버렸다. 즉 카논의 범실이다.

"하, 함정을 팠겠다?!"

"누가 들으면 오해할 소리 하지 마. 나는 갑자기 카논의 쓰리 사이즈가 생각났을 뿐인걸?"

"말하지 마! 절대로 말하지 마!"

"응? 그건 진심이야? 그렇다면 그 기대에 부응해서, 위에서부터 7——."

"진짜라고오오오오오오오오! 하지 마! 살려줘!"

왜 목숨을 구걸하는 걸까.

우선 머리를 부여잡고 고통스러워하는 카논은 버려두고 나는 미아에게 시선을 보냈다.

"도발을 전제로 라인 앞에 서 있었던 건가……. 제법인데."

"후후. 게임이 빨리 끝나도 재미없잖아. 너도 아무쪼록 내 라이프를 깎으려고 노력해줘."

"말은 잘하지. 마지막엔 울상으로 만들어주겠어."

아무튼 카논이 도발에 약해서 다행이다.

레이와 미아가 아직 라이프를 두 개 남아있지만—— 그걸 줄이려면 나만의 힘으로는 도저히 돌파구가 보이지 않는다.

"린타로! 여기선 협력해줄 수도 있어! 아니, 협력해! 저 녀석들을 내버려 두면 위험해!"

"마침 똑같은 제안을 하려던 참이었어. 부탁한다, 카논."

"그쪽이야말로 좋은 토스 올려달라고!"

그래, 혼자서 안 된다면 협력 플레이다.

우리는 둘 다 라이프가 하나. 여기서 괜히 싸웠다간 경합 규칙으로 인해 둘 다 패배할 가능성도 있다.

먼저 레이와 미아의 라이프를 우리와 똑같이 만들어야 한다. 그러면 승부는 어느 의미 처음으로 돌아간다.

"협력 플레이 해도 돼?"

"내가 된다고 하면 되는 거야!"

막무가내 논리와 함께 카논의 손에서 공이 날아갔다.

공이 향하는 곳은 동맹 상대인 나.

토스를 올리기 딱 좋은 높이와 속도다. 이렇게 넘어오면 이쪽에서도 좋은 포인트로 올려줄 수 있다.

"가라! 카논!"

조금 전 미아의 움직임을 참고한 토스를 올렸다.

처음 하는 것치고는 좋은 곳으로 날아갔다.

"잘했어!"

모래를 박차고 뛰어오른 카논은 조금 전과 마찬가지로 몸을 크게 젖혀 반동을 실었다.

그녀의 몸이 향하는 곳에 있는 건 미아다.

아무래도 자신의 가슴 사이즈를 폭로하려고 했던 것에 뒤끝이 남은 모양이었다.

하지만 그녀는 바로 스파이크를 때리진 않았다.

"──미안해, 린타로."

그렇게 말하는 것과 동시에 카논은 공중에서 몸을 틀었다.

"결국 내가 벌칙을 안 받으면 되는 거야!"

그리고는 탄성을 살린 팔로 **나를 향해** 스파이크를 때렸다.

경이적인 도약력과 유연함이 만들어낸 말도 안 되는 자세에서 쏘는 강렬한 일격은, 처음 보는 사람이라면 제대로 받아내지도 못할 것이다.

다만 마음의 준비를 한 상태라면 사정이 달라진다.

"예상했다, 카논."

나는 처음부터 배신당할 전제로 토스를 올렸다. 아무리 생각해봐도 앞으로 한 번만 놓치면 지는 나를 노리는 게 효율이 좋으니까, 애초에 협력해도 이득이 없기 때문이다.

아무리 그녀의 스파이크 위력이 좋다 한들 제대로 된 자세에서 날리는 것보다는 뒤떨어진다. 온다는 것만 알고 있다면 나라고 해도 리시브할 수 있을 거다.

"뭐?! 그게 뭐야?!"

"배신자에게는 죽음을── 먹어라!"

팔근육으로 스파이크를 받았다. 이대로 똑바로 튕겨내면 카논의 발치에 떨어질 것이다.

다만 그렇게 쉽지 않은 법.

"큭……."

조금 전 스파이크보다는 위력이 떨어질 텐데도 내 몸은 충격을 전부 죽이진 못했다.

이상한 방향으로 튕겨 나간 공은 강한 회전이 걸린 채 엉뚱한 방향으로 날아갔다.

그 방향은 절묘하게도 딱 레이와 미아 사이였다.

""내가──.""

너무나도 순간적인 일이라 둘 다 동시에 말하고 말았다.

그 결과 두 사람 모두 발이 멈춰버리는 바람에 공은 그대로 누구의 방해도 받지 않고 모래사장으로 떨어졌다.

"……이건."

"아…… 가운데에 떨어졌으니까 둘 다 라이프 하나씩 차감! 잘했어, 린타로! 이것이야말로 협력 플레이의 산물이지!"

"배신한 주제에."

"무, 무슨 소리래?"

카논을 흘겨보자 그녀는 딴청을 피우며 어설픈 휘파람을 불었다.

뭐, 용서해주마. 결과적으로는 가장 골치 아픈 두 사람의 라이프를 깠으니까.

"으음, 당했네. 그 타이밍은 누가 갈지 판단할 수 없었어."

"아쉬워……."

여기서부터는 누가 범실을 내도 패배자가 정해지고 게임이 끝난다.

레이도 카논도 범실을 낼 가능성을 생각해서 경솔하게 강한 스파이크는 때리지 못할 테지.

내 방침은 변하지 않는다.

철저하게 방어해서 세 사람의 범실을 기다린다.

벌칙을 받을까 보냐……!

"두 명의 공동 범실인데, 재시작은 둘 중 누구든 상관없지?"

"괜찮지 않을까? 둘이서 합의해."

"알았어. 레이, 어떻게 할래?"

미아와 레이는 둘이서 상의한 뒤 최종적으로 미아가 치는 걸로 정했다.

손안에서 공을 굴린 미아는 우리의 얼굴을 순서대로 응시했다.

"어디 보자, 재시작 때 스파이크를 치면 안 된다는 규칙은 없었지?"

"너…… 설마."

"지금부터 나는 임의의 상대에게 공을 때려 박을 수 있는데, 각각 목숨을 구걸할 마음은 있어?"

생긋 악마의 미소를 지은 그녀를 앞에 두고 우리는 모래 위로 미끄러지듯 한 걸음 뒤로 물러났다.

정면에서 날아왔다간 레이와 카논이라면 어떻게 할 수 있을지 몰라도 나는 무조건 망한다.

즉 나만은 어떻게든 표적에서 빠질 필요가 있다.

"미, 미아에게 어울릴 것 같은 파란색 보석이 달린 목걸이를 역 앞에서 팔고 있었잖아……. 다음에 선물해줄까 하는데…… 에헤헤헤."

"흐음, 그렇단 말이지."

미아는 히죽거리며 카논의 이야기를 들었다.

내 옆에 선 레이는 이제 와서 후회하는 표정을 짓고 있었다.

"카논의 헌상품은 알았어. 그럼 레이는 어때?"

"……가, 같이…… 매운 거 먹으러 가자."

"오오! 매번 내가 먹고 싶다고 해도 완강하게 같이 가 주지 않았는데……. 좋아, 좋은 구걸이야."

뭐냐. 매운 거라니.

그런 건 내가 얼마든지 만들어줄── 그래, 이거다.

"그럼 마지막으로 린타로. 뭔가 남길 말 있어?"

"……일주일 동안 레이와는 별도로 너에게도 밥 차려줄게."

"──그렇구나, 그래, 그렇단 말이지! 응, 정했어."

미아가 공을 높이 올렸다.

팔에 기세를 실은 그녀가 힘차게 박차고 올라 그 팔을 휘둘렀다.

"내 표적은…… 너다!"

레이에게도, 카논에게도 뒤지지 않는 스파이크가 날아갔다.

그 공이 향하는 곳은── 카논이다.

"왜 나야?!"

"미안해, 카논. 그 목걸이 이미 내 돈으로 샀어♪"

"하필이면! 윽!"

아쉽게도 카논의 리시브는 가까스로 늦지 않아 공을 엉뚱한 방향으로 튕겨냈다.

방향만 보면 나를 향해 날아오는 것처럼 보이지만 이 기세로 보아 아웃이 되겠지.

나는 승리를 확신하며 발을 멈췄다.

하지만 그때 비극이 일어났다.

바닷가에 강풍이 불었다.

본래 시합에서 사용하는 배구공보다 크고 부드러운 공은 그 바람에 밀려 급격히 속도가 느려졌다.

그 결과 라인 밖으로 나갈 줄 알았던 공의 낙하지점이 링 안으로 빗나가버렸다.

'망할——!'

공과 가장 가까운 건 나다.

이대로 떨어지면 내 범실. 그것만큼은 어떻게든 막아야 한다.

"닿아라아아아!"

무의식중에 소리치면서 다리를 뻗었다.

슬라이딩하는 요령으로 공 아래로 파고든 내 다리는 뚜렷한 충격과 함께 공을 걷어 올렸다.

'버텼다!'

하지만 나라는 남자의 진격은 여기까지.

카논이 리시브할 때 제대로 회전을 죽여서 받지 못했기 때문에 공에는 아직 강한 회전이 걸려있었다.

발에서 떨어진 공은 안쪽으로 날아가지 않고, 링 바깥의 모래 위로 낙하했다.

"아—— 아싸! 이겼어! 내 운을 얕보지 말라고!"

"마, 말도 안 돼……."

나는 눈앞에서 데굴데굴 구르는 공을 그저 멍하니 쳐다봤다.

내가 졌다. 그것만은 알겠다.

그런 내 어깨를 미아가 두드렸다.

"린타로, 네가 졌어."

"······말 안 해도 알거든."

"어디, 너에게 무슨 명령을 내릴까?"

일어난 나를 보고 미아와 카논이 히죽히죽 웃고 있다.

레이는 그렇게까지 노골적이진 않지만, 주먹을 불끈 쥐며 승리를 기뻐하고 있었다.

아무래도 아군은 한 명도 없는 모양이다.

"······공주님들, 명령을 내리십시오."

"공주님이라니 듣기 좋은 소릴 해주잖아. 으음, 어떻게 할까? 레이와 카논도."

공주님이라고 해주면 조금은 명령이 가벼워지지 않을까?

그런 내 꿍꿍이를 알 리 없는 세 사람은 눈앞에서 상의하기 시작했다.

도망칠까. 그 전에 잡힐 것 같지만.

"나는····· 지금이 아니어도 돼. 나중으로 아껴놓을래."

"흐음, 그런 것도 가능해? 린타로."

지금 당장 명령하는 게 아니어도 그거대로 무섭지만── 레이가 가장 무난한 명령을 할 것 같다는 이미지가 있다.

뒤로 미룰 수 있다면 그건 그거대로 다행인 건지도 모른다.

"상관없어. 그대로 명령권을 잊어버려 준다면 더 좋지만."

"그럴 일은 없어. 계속 기억할 거야."

"······그러십니까."

레이가 기억한다고 말하면 정말 계속 기억할 것 같단 말이지.

"나중으로 빼둘 수 있다면 나도 지금은 됐어. 여기서는 딱히 생각나는 게 없으니까."

"······그러게. 나도 그렇게 할게."

카논에 이어 미아까지, 결국 아무도 나에게 명령하지 않았다.

다만 전부 나중으로 미뤄진다는 건, 즉 계속 방심할 수 없다는 뜻이니──.

"제발 살살 부탁한다."

"생각해 볼게."

"생각해 보고."

"생각은 해 볼까?"

아······, 이거 망한 것 같다.

비치발리볼의 가죽을 뒤집어쓴 악마의 게임이 끝나고, 우리는 평화롭게 바다를 즐겼다.

헤엄치기도 하고, 모래로 성 만들기에 도전하기도 하고, 결국 실패해서 모아둔 모래 속에 카논을 파묻기도 하고, 스태프가 마련해주었다는 수박을 카논에게 깨게 하기도 하고, 그 과정에서 카논에게 코끼리 코를 시키기도 하고.

날이 저물기 시작했을 무렵에는 아무리 체력 괴물인 세 사람이라고 해도 피곤해하며 코티지로 돌아왔다.

조금씩 기온도 내려가자 수영복 차림으로는 쌀쌀해졌다.

일단 탈의실로 돌아간 세 사람은 각자 사복으로 갈아입고 나타났다.

셋 다 티셔츠에 스키니거나 반바지거나 해서 딱히 멋을 부린 패션도 아니었지만, 편안한 차림이어도 그림이 되는 게 아이돌의 대단한 점이다.

결국 끝까지 세 사람의 수영복 모습에는 눈이 적응하지 못했고 말이지.

물론 세 사람이 피곤한 상태인데 내가 피곤하지 않을 리 없다. 솔직히 별로 움직이고 싶지 않을 정도로 심하게 나른하다.

그렇지만 나에게는 아직 해야만 하는 일이 있다.

"어린이들! 바비큐다!"

"아싸! 기다렸어!"

어린이가 아니라는 지적은 치워놓고, 우리는 셋이서 협력하며 재료를 코티지 밖에 설치된 조리장으로 운반했다.

소시지에 뭐에 이것저것 포함된 고기류는 전부 싸구려가 아닌 데다 어느 정도 제대로 가공이 들어간 녀석들. 이걸 숯불에 구우면 분명 맛있겠지.

"린타로, 고기 많이 구워줘."

"기다려. 아직 불도 안 붙였으니까."

재촉하는 레이를 달래며 나는 숯과 착화제를 준비했다.

이렇게 밖에서 숯불을 피우는 작업은 해본 적이 없어서 사실 은

밀히 동경했었다.

설레는 마음으로 코티지 안에 있던 착화 매뉴얼을 따라 불을 만들었다.

처음이라서 그런지 좀처럼 불이 붙지 않아서 씨름하기를 십수 분.

간신히 제대로 된 숯불이 만들어졌을 때는 뿌듯함이 전신을 휩쓸었다.

"린타로, 남자의 얼굴."

"엉? 그야…… 남자니까."

"음, 그런 게 아니지만……. 설명하기 어려워."

무슨 의미지?

뭐, 레이 본인도 잘 이해하지 못했는데 내가 이해할 수 있을 리 없나.

"너희들, 기다리게 해서 미안하다."

"아니야, 문제없어. 집중하는 린타로의 얼굴을 구경했더니 지루하지 않았거든."

"뭐냐 너네……. 계속 얼굴 얘기만 하고."

레이에 이어 미아까지. 그렇게 이상한 얼굴이었나?

뭐, 됐다. 아무튼 지금은 기다리게 한 만큼 고기를 구워줘야지.

숯불 위에 망을 걸고 소시지와 채소를 올렸다.

네모나게 잘린 고기는 꼬치에 꿰어서 들고 먹기 쉽도록 만들었다.

일부 고기는 조금 전에 간단하게 만든 간장 마늘 베이스의 소스에 재워놔서 다른 맛이 나도록 해놓았다.

이런 디테일을 조절할 때가 특히 즐겁다.

캠핑용 의자에 앉은 여자들은 아까부터 계속 그런 식으로 작업하는 나를 바라보고 있다.

딱히 방해가 되는 것도 뭣도 아니지만 조금 민망하다.

"……좀 불편한데."

"미안해. 하지만 아주 흥미로워."

"흥미롭다고?"

뜬금없이 과학자 같은 소릴 하네.

남자가 묵묵히 작업하는 모습의 어디에서 흥미가 솟은 건지.

"이러니저러니 해도 네가 요리하는 모습을 제대로 볼 기회는 없었잖아. 좀 신선해."

"아, 뭐야. 그런 거였냐. 딱히 재미있지도 않을 텐데."

"재미는 없는데 보게 된단 말이야……. 신기하게."

그건 카논이 아니라 내가 할 말인데── 뭐, 됐다.

신경 쓰지 않으려고 하면서 작업을 진행했다.

불 조절은 처음치고는 나쁘지 않다.

이대로라면 소고기는 금방 딱 좋게 구워질 것이다.

"좋아, 이 정도면 됐나."

나는 각각의 종이 접시에 구워진 고기를 순서대로 담고 채소를 곁들여 화사한 색채를 더했다.

바비큐니까 생김새는 신경 쓰지 말라고 할지도 모르지만, 만드는 입장에서는 역시 눈으로도 맛있어 보였으면 한다.

"구워졌어. 이쪽은 소스에 절인 거고, 이쪽은 소금후추. 둘 다 맛있으니까 마음껏 먹어."

"""잘 먹겠습니다."""

"오냐, 잘 먹어라."

상당히 배가 고팠던 건지 세 사람은 열정적으로 고기에 달려들기 시작했다.

굽기만 했을 뿐이라지만 역시 내가 만든 걸 열심히 먹어주는 건 기쁘다.

"맛있냐?"

"린타로…… 정말 이거 굽기만 한 거야?"

"어? 어, 그런데."

"너무 절묘하게 구워졌어……. 너무 부드럽지도 않고 단단하지도 않아서 딱 좋아."

"흐응, 그럼 이 굽기 정도가 미아에게 딱 맞았나 보네."

"굽기 정도?"

"그 왜, 스테이크에도 굽기 정도가 있잖아? 레어네 웰던이네 하는 거."

그런 그럴싸한 단어를 사용하긴 했지만, 요컨대 살짝만 구웠냐 노릇노릇하게 구웠냐의 차이다. 스테이크 계통을 판매하는 레스토랑에 가면 점원이 반드시 물어보는 수준의 기초지식이다.

"아니, 그건 알지만……. 설마 이럴 때도 우리의 입맛에 맞추려고 하는 거야?"

"무슨 소리야. 당연하잖아."

"……무시무시하네."

맛없는 걸 먹인다니, 그런 짓은 내 자존심이 용서하지 않는다.

맛있는 걸 먹기 위해서라면 내 수고 정도는 별거 아니다.

"이 소스 장난 아니다……. 너무 맛있어서 중독될 것 같아."

"다행이네. 그건 내 오리지널이거든."

"이런 걸 언제 만든 거야?"

"점심 만들 때 후딱."

"……네가 넘버원 해."

그만해라, 카논. 웃음이 실실 나오잖냐.

"아, 조금 더 이렇게 구워달라는 게 있으면 너희도 사양하지 말고 말해. 지금 구운 건 이미 어떻게 할 수 없지만, 앞으로 참고할 테니까."

"아, 그럼 나는 조금 더 굽는 게 입에 맞을 것 같아. 레어는 별로 안 좋아하거든."

"카논은 웰던. 오케이, 외웠어."

웰던이란 스테이크로 말하자면 빨간색이 완전히 사라질 때까지 푹 구워진 상태를 의미한다.

겸사겸사 레이에게 시선을 주자 그녀는 고개를 저었다.

"나도 이 정도가 좋아. 대만족."

"그럼 레이와 미아가 미디엄……. 좋아."

미디엄은 중심부에 살짝 붉은 기를 남기는 정도로, 거의 날 것인 레어와 고루고루 잘 익힌 웰던의 중간에 해당하는 상태다.

그렇다면 카논이 먹을 것만 조금 옆으로 치워서 구우면 될 것 같네.

얼마든지 수고할 수 있다고 말했지만, 조금이라도 절감할 수 있다면 그게 제일 좋다.

"저기, 굽는 걸 계속 맡기고 있는데 린타로도 더 먹고 싶지 않아? 뭣하면 나랑 교대할래?"

"응? 배려해주는 건 고맙지만 이건 내가 하고 싶어서 하는 거야. 물론 카논이 하고 싶다면 교대하고."

"딱히 그런 건 아니지만…… 뭐, 네가 그렇게 말한다면 맡길게. 너보다 잘 구울 수 없을 것 같거든."

"그건 과찬이고."

"'과찬'이라고 할 거면 그 자뻑하는 얼굴 치우든가…….."

이런, 칭찬받고 우쭐해진 게 얼굴에 드러나 버렸나.

부끄러워서 제대로 말한 적은 없었지만, 내가 이렇게 진심으로 요리하는 걸 즐겁다고 느끼게 된 것은 순전히 이 녀석들이 이렇게 내 요리를 먹고 감상을 말해주기 때문이다.

상대방을 기쁘게 해주기 위해서 만든다고 생각할수록 의욕이 쭉쭉 올라간다.

더 맛있다고 말하게 하고 싶다── 어느새 그런 욕구가 내 원동력이 되어있었다.

"팍팍 먹어. 얼마든지 구워줄 테니까."

전에 없이 흡족해하며 나는 새로 구울 고기를 망 위에 올렸다.

틈을 봐서 나도 고기를 집어 먹으며 우리는 각자 바비큐를 즐겼다.

"하아! 배가 꽉 찼어! 더는 못 먹어!"

카논의 외침이 밤하늘에 울려 퍼졌다.

자기가 배부르다는 걸 마구 어필하고 싶은 건지 의자에 앉아 배를 통통 두드렸다.

이런 모습은 팬에겐 절대 보여줄 수 없겠지.

"고마워, 린타로. 전부 맛있었어."

"굽는 건 자신 있었지만, 결국은 재료들이 좋아서지. ……나야말로 세 사람의 휴가인데 끼워줘서 고맙다. 그…… 생각보다 즐거웠어."

"! ……그래, 다행이다."

레이는 안심했다는 듯 웃었다.

내 말에 거짓말은 전혀 없다.

부담 없이 대할 수 있는 그녀들과 보내는 시간은 지루하지 않았고, 비치발리볼에서는 처참한 패배를 맛보았지만 친구끼리 벌칙을 걸고 노는 건 내 인생에선 지금까지 존재하지 않았던 시간이다.

즐겁지 않을 리가 없었다.

"……린타로, 그런 표정은 치사하다고 보는데."

"엉? 바비큐 시작할 때부터 그랬지만 너희 오늘 내 얼굴에 대고 말이 많지 않아?"

"그야 그렇지. 네가 원인이니까."

"어……?"

미아가 그렇게 말했지만 무슨 소리인지 모르겠다.

내 표정은 거울로 보지 않는 한 볼 수 없으니까.

"자, 그럼. 즐거운 식사도 끝났으니 언제든지 잘 수 있도록 준비할까. 자기 직전에 샤워하려면 귀찮을 테니까."

미아의 지당한 제안에 우리는 다들 동의했다.

아직 밤 8시가 될까 말까 하는 시각. 앞으로도 밤을 즐길 수 있다. 그리고 그 시간을 온전히 즐기기 위해서는 해야만 하는 걸 전부 끝내놓는 게 낫다.

"린~타~로~?"

"뭐냐, 카논. 징그럽게."

"조금 더 우회적인 표현으로 욕해주지 않을래?!"

부르는 게 징그러웠으니까 어쩔 수 없잖냐.

어쩐지 불길한 예감을 느끼면서도 나는 카논의 다음 말을 재촉했다.

"너 말이야, 우리가 쓰고 나온 목욕물에 몸을 담그고 싶다거나 뭐 그런 생각하는 거 아니야~?"

"왜 너희의 피부에서 우러난 기름이 떠 있는 물에 자발적으로 들어가고 싶어 해야 하는 건데."

"표현! 표현 좀!"

가족이어도 좀 불쾌할 때가 있으니 아무리 상대가 국민 아이돌이라고 해도 당연히 혐오감을 느끼고말고.

레이라고 해도 목욕물을 공유한 적은 없다. 애초에 나는 여름엔 욕조를 쓰지 않아서 공유할 일도 없다.

안타깝게도 이 코티지에서도 그건 마찬가지다. 나는 몸을 씻기만 하고 끝낼 생각이다.

"아니면 내가 처음에 쓰고 나올까? 목욕물 받기 전에."

"으음……. 그건 좀 재미없는데."

"목욕에 재밌고 말고가 있어……?"

"그 왜, 모처럼 남녀가 이렇게 한 지붕 아래에 있으니까 조금 더 두근두근한 해프닝이 보고 싶다는 느낌?"

아, 미아가 쓸데없는 생각을 할 때의 얼굴이다.

그런 해프닝 따위 필요 없으니까 마음 놓고 샤워할 수 있게 해 주지 않을래.

"아, 그럼 이렇게 하자. 린타로, 나 여기서 아까 받은 명령권을 쓸게."

"야……. 무슨 명령을 하려고."

"후후후, 내 목욕을 끝까지 도와달라고 할까 하는데."

놀리는 표정으로 그렇게 말하는 미아.

그때 갑자기 레이가 탁자를 두드렸다.

그녀의 얼굴은 상당히 필사적이어서 귀기가 서린 것처럼 느껴졌다.

"나는 내 명령권을 써서라도 그걸 기각시키겠어."

"응? 하지만 그건 린타로에게 쓸 수 있는 권리지 나를 막을 수는 없잖아?"

"그럼 린타로에게 미아의 명령을 듣지 말라고 명령하면 돼."

"그렇구나. 확실히 그렇게 하면 내 명령은 상쇄되겠지. 하지만 레이. 그건 조금 아깝지 않아?"

"어?"

"나는 어디까지나 같이 목욕하자는 명령을 했을 뿐이야. 물론 서로 수영복을 입을 거고, 그 이상으로 무언가를 요구하지도 않아. 하지만 너는 이미 린타로와 같이 목욕했잖아?"

"그건…… 응."

야, 그렇게 자연스럽게 폭로하지 마.

카논이 혼란에 빠졌으니까.

"그럼 더 과격한 명령을 내릴 수 있잖아. 지금의 레이라면 그렇게 할 수 있으니까."

"……그렇, 네?"

글렀다. 이미 레이는 완전히 미아의 손바닥 위다.

나는 그녀가 놀아나는 걸 보면서도 아무런 도움도 주지 않았다.

어차피 나는 무슨 명령이 오든 거절할 수 없으니까.

여기서 괜히 끼어들었다가 더욱 골치 아픈 명령이 나오게 된다면 내가 그걸 바라는 것처럼 보일지도 모른다. 그것만큼은 사양이다.

지금은 무슨 일에든 수동적으로. 그 방법밖에 없다.

"그럼 내 명령권은 이대로 실행이지? 바로 욕조에 물을 받을까."

"……이 미친 더위 속에서도 뜨거운 물에 들어가려고?"

"물론이지. 컨디션을 조절하려면 필요하니까. 아니면 뜨거운 물 알레르기라도 있어?"

"지금만큼은 그랬으면 좋겠다."

"그럼 지금은 아무 문제도 없다는 거네. 자, 준비하자."

이렇게다 그때 이겼어야 했다고 후회할 줄은 몰랐다.

대체 미아는 나에게 뭘 원하는 걸까?

나를 반하게 해서 놀려먹고 싶은 거라고 해도 틀리지 않을 것 같은데————.

"큭……."

쪽팔림을 무릅쓰고 마지막 구원의 손길을 바라며 레이와 카논을 봤다.

"레이, 같이 목욕했다니 무슨 소리야? 좀 말해봐."

"으, 응……. 알았어."

……기대는 못 하겠구나.

답이 없다.

나는 체념하고 미아와 목욕하기 위한 준비를 시작했다.

샤워 소리가 울리는 욕실.

내 눈앞에는 사복에서 다시 수영복으로 갈아입은 미아가 서 있었다.

"온도는 어떠신가요, 고객님?"

그녀는 샤워기를 들고 이전의 레이와 마찬가지로 내 발치에서부터 천천히 뜨거운 물을 뿌렸다.

그러면서 미아가 내 가슴에 살며시 손을 올렸다.

의식하지 않으려고 했던 내 머리와는 반대로 심장이 퍼득 튀어 올랐다.

레이 때보다 덜 동요한 건 미아가 나를 놀릴 목적으로 여기에 있다는 걸 가까스로 알기 때문이다.

의도가 있는 만큼 이성을 유지하기 쉽다.

"너는 밤일 가게라도 열 생각이냐?"

"후후, 그 비슷한 역할극 놀이를 하고 싶었던 것뿐이야. 조금은 의식해줬어?"

"그만해……. 여자와 같이 목욕 중이라는 걸 최대한 의식하지 않으려고 이성을 붙잡고 있으니까."

"어라? 처음부터 의외로 의식은 하고 있었던 모양이네. 너무 담담해서 사실은 이미 말라붙은 줄 알았어."

"뭐래. 나는 언제나 버티는 것뿐이라고. 네가 레이를 부추겼을 때도 이를 악물면서 버틴 거야."

지금의 관계가 바뀌지 않도록, 움찔거리는 손을 필사적으로 억눌렀다.

결국 어디까지나 나는 겁쟁이일 뿐이다.

눈앞에 얼마나 매력적인 여성이 있어도 선을 넘을 수 없다.

"선을 긋고 남녀 관계가 되지 않으려고 하는 것도 우리를 위해서잖아?"

"……글쎄, 무슨 소리인지."

"──조금 정도는 손을 대도 괜찮은데."

"뭐?"

"아무것도 아니야. 나도 남 말할 처지는 아니지만, 너도 솔직하지 못하구나."

"……솔직하게 살 수 있었다면 애초에 이런 곳에 오지 않았겠지."

"……그도 그런가."

중간에 들었던 미아의 말은 못 들은 걸로 쳤다.

그 목소리에서는 평소의 놀리는 듯한 뉘앙스가 느껴지지 않았다.

분명 의도치 않게 새어 나온 말이었겠지.

화제를 돌린 것도, 건드리는 걸 원하지 않는 부분이니까.

그렇다면 나는 미아의 뜻을 따르려고 한다.

지금의 나는 아무것도 해줄 수 없다──는 모양이니까.

"으음, 모처럼이니까 머리카락 정도는 린타로에게 감겨달라고 할까?"

"야, 그건 명령에 없었잖아."

"뭐 어때. 그 정도는. 쩨쩨하게 굴지 말고, 응?"

"끙……."

쩨쩨하단 소릴 들으면 청개구리 심보가 자극된다고 해야 하나…….

결국 나는 욕실 의자에 앉은 미아의 뒤에 서서 손바닥에 샴푸를 짰다.

그리고는 뜨거운 물로 푹 젖은 미아의 머리카락에 손가락을 찔러넣고 깔짝깔짝 움직이면서 거품을 냈다.

평소에도 꼼꼼하게 손질하고 있기 때문일 테지만 생각보다 머리카락 사이로 손가락이 술술 움직여서 샴푸질이 조금 즐거웠다.

"아~, ……이거 생각보다 더 기분 좋은데."

"마음은 이해해. 나도 남이 감겨주는 거 싫지 않거든."

"어라? 그럼 다음은 내가 해 줄까?"

"레이보다 잘한다면 맡길 수도 있고."

"뭐야, 이미 레이가 해버렸구나. 그럼 됐어. 두 번째는 싫거든."

"그 녀석을 부추긴 건 다름 아닌 너잖냐."

"후후, 그랬지."

참으로 기묘한 시간이었다.

묵묵히 머리카락을 감기는 내 손의 움직임에 따라 미아의 머리가 때때로 흔들렸다.

그게 조금 재미있어서 무의식중에 얼굴이 풀어졌다.

"응? 뭐 재미있는 거라도 있어?"

"별로."

"설마 남의 머리카락을 거꾸로 세워놓고 '초사이어인!' 놀이라도 하는 거야?"

"안 해. 해 줘?"

"어울릴 것 같아?"

"아주 잘 어울릴걸."

"그럼 안 해야지."

"쳇, 아쉬워라."

구석구석까지 샴푸질을 마친 나는 샤워기를 들고 정수리부터 거품을 씻어냈다.

깔끔하게 헹궈진 걸 확인한 뒤 샤워기를 원래 위치에 돌려놓았다.

"옜다, 끝."

"고마워."

"트리트먼트는?"

"목욕하고 나가서 헹굴 필요 없는 걸 바르니까 괜찮아."

"아하."

그 후 나도 머리를 감았다.

얼굴에 묻은 물을 손으로 훔치고 눈을 뜨자 어째서인지 미아가 웃는 얼굴로 나를 보고 있었다.

"린타로도 머리 다 감았구나. 그럼 다음은 내 몸인가?"

"……몸까지 씻기게 하려고?"

"이미 선크림도 발라봤는데 딱히 부끄러워할 일도 아니잖아?"

"그건…… 그렇지."

"레이 때와는 다르게 나한테는 제대로 스펀지 써도 돼."

뭐, 그런 거라면 괜찮으려나.

그 녀석은 날 맨손으로 만져댔지만, 이번에는 스펀지가 사이에 들어가는 만큼 그나마 나은 느낌이 든다.

이번에는 보디소프로 거품을 내서 다시 의자에 앉은 미아의 등을 가볍게 문질렀다.

"……냉정해진 머리로 생각해 보면 굉장히 부끄러운 걸 하고 있구나, 우리."

"이 경우엔 네가 나한테 시키는 거거든."

"그렇게 딱딱한 소리 하지 말고."

"……너 말이야."

"왜?"

"왜 이런 걸 허락하는 거냐?"

"무슨 의미인데?"

"상식적으로 생각해서 어디서 굴러먹던 놈인지도 모르는 남자에게 몸을 씻겨달라고 하다니, 역시 이상한 느낌이 든다고 해야하나⋯⋯. 같은 집에서 자는 정도라면 그나마 고등학생다워서 이해할 수 있지만, 이건 아무리 그래도──."

등을 문지르던 손을 멈추고 고개를 들었다.

레이가 나에게 그러는 이유는 안다.

그렇게 노골적으로 호감을 표현해대면, 무언가 감정이 결핍된 둔감 주인공이라도 아닌 한 당연히 눈치챈다.

호감을 품은 이유 자체는 짐작 가는 게 없지만, 행동의 이유는 그걸로 설명이 된다.

미아는 적어도 나에게 나쁜 감정이 없다는 것까지는 안다.

그렇지 않다면 내가 이 휴가에 참석하는 것 자체를 거부했을 테니까.

하지만 악감정이 없다는 게 이콜 호의로 이어지는 게 아니다.

억지 부리는 게 아니라, 정말로 미아가 나에게 호감을 품은 것같진 않았다.

대놓고 놀릴 때도 있으면 그렇지 않을 때도 있고, 아무리 시간을 함께 보내도 눈앞에 있는 '미아'는 영 종잡을 수가 없다.

마치 가공인물처럼──.

"⋯⋯나는 말이지, 네가 생각하는 것보다 너를 좋아해."

그녀는 뒤를 돌아보며 그렇게 대답했다.

"자세한 건 다음 기회에. 무슨 일에든 타이밍이라는 게 있으니까."

"……그러냐."

나는 순순히 물러나기로 했다.

이 흐름에서 이야기해주지 않는다는 건, 분명 뭘 해도 여기서만큼은 입을 열지 않을 거다.

그걸 아무리 추궁해봤자 스트레스 말고는 남는 게 없다.

아무튼 무언가 이유가 있다는 게 안 것만으로도 충분하다.

"적어도 마이너스 감정은 일절 없으니까 안심해."

"그래, 안심하마."

"그럼 계속해서 부탁해도 될까?"

"……아 예, 아가씨."

"아까는 공주님이었는데 급이 내려갔네."

"공주라고 부르면 내가 왕자나 뭐 그런 역할이 된 것 같아서 간지럽거든. 그 점에서 아가씨라면 하인이 된 기분이지."

"흐음, 린타로를 하인으로……. 나쁘지 않네."

"게다가 돌아가면 일주일은 널 위해서도 밥을 차릴 예정이니까, 어느 의미 이미 하인 같은 거 아니냐."

"오오, 제대로 기억하고 있었구나. 감탄했어."

비치발리볼 때 약속한 건 기억에 잘 각인되어 있다. 나에게는 불리한 약속이라고 해도 한 번 약속한 걸 깨는 건 내 방침에 어긋난다.

"……그러는 너도 지난번엔 왜 그 애의 부탁을 들어준 거야?"

"어?"

"나도 자각은 하고 있어. 한창때의 남녀가 같이 목욕한다는 건 건전하다고 말할 수 없지. 하지만 너는 레이의 요구를 받아들여서 같이 목욕했어. 나와 들어온 지금 이 시간은 어디까지나 벌칙이지만, 그 애와 들어간 건 아니잖아?"

"……그래. 거절하려고 마음먹으면 거절할 수 있었지."

그래도 거절하지 않았던 건——.

"……역시 말 안 해."

"쪼잔뱅이."

"너도 자세히는 말하지 않았잖아? 이걸로 쌤쌤."

"쳇, 뭐 됐어."

결국 미아는 그 이상 무언가를 물어보진 않았다.

내가 미아를, 나아가 밀스타 세 사람을 좋게 보는 이유 중에는 상대방이 숨기고 싶어 하는 부분에 공연히 파고들지 않는다는 점을 꼽을 수 있다.

이 거리감은 나에게는 무척이나 기분 좋다.

"자, 등 끝났어."

"고마워. 그럼 다음은 앞에."

"좋아, **허락했다**?"

"…………역시 패스."

흥, 겁쟁이 녀석.

내심 나도 안도했다는 건 비밀이다.

"그럼 대신 다리를 씻어달라고 할까? 왠지 정말로 아가씨가 된 기분이 들 것 같거든."

"취향 한 번……."

"뭐 어때. 딱히 닳는 것도 아니고."

그래, 몸 앞쪽을 씻기는 것보다는 낫나.

미아는 욕조 가장자리에 걸터앉아 무릎을 꿇은 내 눈앞으로 발을 내밀었다.

이 각도에선 그녀를 올려다보게 되는데, 그러자 수영복에 가려져 있던 하반신이 잘 보이게 되는 바람에 침착해졌던 심장이 다시 튀어 올랐다.

"어라라? 왜 그러는 거야? 고개를 돌리고."

"……아무것도 아니야."

"흐응, 뭐 네 명예를 생각해서 이 이상은 추궁하지 않을게."

남자는 정말 여자에게 약한 생물이다.

나는 솜털 하나 없는 미아의 다리에 거품이 묻은 스펀지를 문질렀다.

가장 건드리기 힘들었던 곳은 허벅지.

적절히 붙은 살이 스펀지 너머로도 부드러움을 선명하게 주장해서 문지를 때마다 손이 멈출 뻔했다.

하지만 머뭇거리면 그만큼 끝나는 시간이 미뤄지니까──.

"……윽, 야. 이제 됐지?"

"어?!"

"어?! 는 무슨! 날 괴롭히고 싶은 거라면 이미 목적을 달성했잖아!"

"어…… 어! 그렇지, 이제 됐어. 응."

미아는 당황한 듯 손을 퍼덕거리더니 다리를 내리고 일어났다.

잘 보니 그녀의 얼굴도 상당히 붉다.

아, 역시 이 녀석도 부끄러웠던 건가.

"자기가 판을 깔아놓은 주제에 이런 거에 안 익숙한 거야?"

"다…… 당연하지. 아버지 말고 다른 남자가 몸을 만진 경험은 전혀 없으니까."

"그렇게까지 희생할 필요도 없지 않냐."

나를 놀리고 싶다는 이유로 자기 몸까지 써먹는 점은 아무리 시간이 지나도 이해할 수 없다.

그걸 즐기는 거라면 모를까 이렇게 부끄러워하니 더욱 의미가 없다고 보는데.

"나는 욕조에 몸을 담갔다가 나갈 테니까 너는 언제든 나가도 괜찮아."

"그래. 그럼 씻고 나가야겠다."

하아. 우선 이걸로 내 일은 끝인 모양이다.

끝나고 나자 별거 아닌 이벤트였다. 이런 일로 명령권을 쓰게 할 수 있었던 건 참으로 요행이라 할 수 있겠지.

"후우……."

욕실에서 나온 나는 따끈따끈한 몸을 식히며 드라이어로 머리카락을 말렸다.

약 두 달 전까지는 수건만 써서 말렸지만, 최근에 머리카락이 자란 걸 자각한 뒤로 다 말릴 때까지 드라이어가 필수가 되었다.

몸에서 열기도 물기도 사라졌을 때 갑자기 요란한 소리와 함께

탈의실 문이 열렸다.

막 실내복을 입으려고 했던 나는 즉각 허리를 수건으로 가렸다.

문을 열어젖힌 장본인, 레이는 아까보다 조급한 얼굴로 나를 쳐다보았다.

"……일단은 템플릿이니까 말해두는 거지만 노크 정도는 해라."

"미아에게 아무 짓도 안 당했어?"

"어, 어어. 딱히 아무 일 없었는데."

"──알았어. 그럼 됐고."

그렇게 말한 레이가 탈의실의 문을 닫았다.

그게 남자가 옷 갈아입는 걸 훔쳐보면서까지 물어볼 일이냐?

무슨 걱정을 한 건지 내용을 물어볼 용기는, 아쉽게도 지금의 나에게는 없었다.

옷도 다 갈아입고 잠시 후. 나는 코티지 거실에 놓인 소파에 앉아 냉장고에 들어있던 막대 아이스크림을 먹고 있었다.

같은 소파에는 이미 목욕을 마치고 나온 미아와 레이가 앉아 있다.

마지막으로 목욕하러 들어간 카논은 아직 돌아오지 않았기에 우리는 각자 스마트폰을 만지면서 그녀가 돌아오길 기다렸다.

"후우! 개운해!"

시시껄렁한 인터넷 뉴스를 적당히 훑어보고 있었더니 욕실 쪽에서 어깨에 수건을 걸친 카논이 나타났다.

"야······."

"응? 왜."

"······아니, 아무것도 아니다."

"뭐? 김빠지게."

입에서 나올 뻔한 말을 삼키고 대신 한숨을 쉬었다.

몇 번이나 말하고 싶어지지만, 역시 너무 무방비하다.

셋 다 목욕하고 나와서 체온이 올라갔기 때문인지 평소보다 한층 노출이 많은 옷차림으로 보였다.

숏팬츠에 티셔츠라는 복장은 한 지붕 아래에 있기에는 너무나도 자극적이었다.

이성만은 강해서 정말 다행이다. 진심으로.

"린타로, 이거 먹고 싶어?"

"어?"

"아까부터 이쪽을 힐끔거리니까, 이 맛이 궁금한가 해서."

나는 포도맛을 골랐지만 레이가 고른 건 오렌지맛. 확실히 맛이 다르다.

하지만 궁금하다고 할 정도는──.

"자."

레이는 자기가 먹던 아이스크림에서 입을 떼고는 나를 향해 내밀었다.

입 안의 열로 녹은 아이스크림의 일부가 주르륵 흘러 소파 위로 떨어지려 하고 있었다. 그게 묘하게 선정적이다.

"타피오카 때는 그렇다 쳐도, 아무리 너라고 해도 입으로 핥아

대던 걸 나눠 먹는 건 사양하겠어."

"음⋯⋯. 확실히 핥아대던 거라고 하니까 거부감이."

아이스크림을 거둔 레이는 녹은 부분이 떨어지기 전에 다시 입에 머금었다.

내가 아무 말도 하지 않고 먹었다면 어떻게 할 생각이었을까?

안색 하나 바꾸지 않고 아이스크림을 즐기는 레이를 곁눈질하며 문득 그런 의문이 스쳤다.

분명 아무 생각도 없지 않을까.

이렇게 간단히 내미는 걸 보면 레이에게는 별로 대단한 의미도 없는 행동이었다고 할 수 있다.

⋯⋯그런 식으로 믿으려고 한 탓에 나는 레이의 뺨이 아주 조금 붉게 물들어있었다는 걸 눈치채지 못했다.

눈치챘다고 해도, 나는 그걸 목욕하고 나온 뒤라서 달아오른 거라고 해석했겠지.

그렇게 나는 또다시 핵심에서 눈을 돌린다.

제7장　★　**여름에 두고 온 비밀**

"다들 언제든 잘 수 있을 정도로 준비됐으니까…… 도둑잡기
하자!"

비치발리볼 때와 마찬가지로 카논이 불쑥 그런 소릴 꺼냈다.

그녀의 손에는 평범한 트럼프 카드가 들려 있었다.

들뜬 얼굴을 보니 처음부터 할 생각이었던 모양이다.

"좋네. 그럼 **뭘 걸래**?"

미아는 유쾌하다는 듯 물었다.

이미 무언가를 걸고 하는 건 확정인 모양이었다.

"아까는 뭐든 하나 명령할 수 있는 권리였지만, 도둑잡기는 한
번 만에 끝나면 재미없으니까 게임이 끝날 때마다 진 사람이 지
금까지 숨겼던 비밀을 하나 폭로한다는 게 어때?"

"야……. 제정신이야?"

"뭐, 어디까지나 게임이니까 도저히 말할 수 없는 건 말하지 않
아도 돼. 작은 비밀 같은 건 많이 있잖아?"

하긴—— 그건 맞는 말이다.

"하지만 그 비밀로 통과될지 안 될지는 주변에서 판단하자. 안
그러면 '목욕할 때 머리부터 감습니다' 같은 내용으로도 통과하게
되니까."

"어느 정도 창피해질 각오는 하라는 거구나."

"그렇지. 또 질문 있어?"

나도 미아도 레이도 딱히 마땅한 질문은 떠오르지 않았다.

도둑잡기라면 세세한 규칙 같은 것도 없고.

동네 룰이 많은 대부호라면 모를까, 도둑잡기는 상대방에게서 카드를 하나씩 가져와서 숫자가 일치하면 버리는 걸 반복하면 끝이다.

전략 같은 건 처음엔 없다시피 한다.

후반이 되어야 조금씩 상대방의 습관 같은 걸 알게 되면서 그때부터 머리를 쓰기 시작하는 정도다.

결국은 운. 그렇기에 비치발리볼 때와는 다르게 승산이 있다.

"그럼 시작한다!"

테이블에 둘러앉은 우리는 카드를 응시하기 시작했다.

나눠 받은 단계에서 어느 정도 짝이 만들어지면 적은 장수로 우위를 선점했다는 기분을 느낄 수 있지만── 실제로는 나중 가면 짝이 안 맞게 되므로 그렇게까지 큰 차이는 생기지 않는다.

처음에 레이가 미아의 카드를 뽑고, 미아가 내 카드를 뽑고, 내가 카논의 카드를 뽑고, 카논이 레이의 카드를 뽑는 순서.

"아, 짝 맞았다."

레이가 미아의 카드를 뽑자 한 쌍이 모인 건지 테이블 위에 카드를 버렸다.

전원이 들고 있는 카드 수를 대충 훑어보면 평균 7장 정도.

참고로 나는 조커가 없다. 끝까지 뽑지 않을 수 있다면 좋을 텐데.

"자, 가져가."

눈앞으로 카논의 카드가 다가왔다.

카드의 개수는 여섯 장. 이 시점에서 긴장해봤자 의미는 없다.

나는 가장 끄트머리에 있는 카드로 천천히 손을 뻗었다.

"!"

"……응?"

카드를 잡으려고 한 순간 카논이 눈을 확 부릅떴다.

다른 카드로 손을 옮기자 눈이 원래대로 돌아간다.

하지만 다시 가장 끄트머리에 있는 카드로 손을 뻗자 눈을 부릅떴다.

……확인해볼 필요가 있겠는데.

"이걸로."

가장 끄트머리에 있는 카드를 뽑아봤다.

그 카드에는 당당히 조커라고 적혀있었다.

설마…… 이 녀석, 도둑잡기에 엄청 약한 건가?

'……우선은 가져온 도둑을 어떻게든 해야지.'

결국은 도둑을 뽑아버렸으니 이제 가장 상황이 불리한 건 나다.

나에게서 카드를 가져가는 건 미아.

어떻게든 그녀에게 도둑을 넘겨야만 하는데…….

"조금 전 카논의 반응을 보면 아무래도 도둑은 린타로에게 이동한 모양이네."

"하, 다 꿰뚫어 봤냐."

"뭐 그렇지. 우선 지금부터는 조심해서 가져가기로 할게."

그렇게 말하며 미아는 한 장 한 장 뽑는 척하며 내 안색을 살피기 시작했다.

따라서 나는 잡념을 비우기로 했다.

직접 승패로 이어지는 상황이 아닌 한 태도에 드러나지 않도록 하는 건 그리 어렵지 않다.

여기서 도둑이 남는다고 해도 기회는 아직 더 있으니까.

오히려 여기서 가져갔다가 한 바퀴 돌아서 다시 나에게 돌아오는 것보다는 낫다.

"후후, 역시 이 타이밍에선 드러나지 않나."

결국 미아는 적당한 카드를 한 장 골라 갔다.

그건 도둑은 아니었지만, 그녀의 패와 짝이 맞는 카드도 아니었던 건지 그대로 아무것도 버리지 않고 레이에게 카드를 내밀었다.

지금 발언을 통해 미아에게 도둑이 없다는 걸 안 레이는 완전히 안심한 얼굴로 카드를 가져갔다.

이러한 교환이 몇 바퀴 이어지고, 도둑이 계속 남아버린 나 말고는 순조롭게 패를 줄여나갔다.

그리고 마침내——.

"아, 짝 맞았다."

레이가 미아의 카드를 가져간 순간 그런 말을 흘렸다.

그리고 원래 갖고 있던 카드와 합쳐서 두 장의 카드를 테이블에 버리자 그녀의 패는 한 장만 남게 되었다.

그리고 다음은 카논이 레이에게서 카드를 가져갈 차례.

즉 그 한 장은 이 턴에 사라져버린다는 소리다.

"쳇, 1등 정도는 양보해줄게."

"응, 고마워."

이렇게 레이의 패에서 카드가 전부 사라졌다.

완벽한 승리였다.

"흥, 나도 맞았어. 자, 그럼 다음은 네 차례야."

카논이 카드를 버린 뒤 나는 카논의 패로 손을 뻗었다.

남아있는 건 두 장. 카논의 승리도 얼마 남지 않은 셈인가.

반면 나는 아직 네 장. 그중 한 장이 도둑인 상황.

여기서 한 쌍이라도 많이 만들어서 도둑을 뽑게 할 가능성을 키우고 싶다.

"빨리 가져가. 어차피 도둑은 아직 네가 들고 있잖아?"

"여유로울 수 있는 것도 지금뿐이거든……."

직감으로 왼쪽에 있던 카드를 뽑았다.

그 카드는 패에 있던 숫자와 일치. 덕분에 어떻게든 패를 줄일 수 있었다.

내 패는 세 장. 이러면 충분히 도둑을 뽑게 할 수 있다.

"자, 가져가."

"……패가 줄어들었다고 상당히 자신만만한데."

이 상황에선 도둑을 뽑는다는 공포가 있는 만큼 오히려 정신적으로는 미아가 불리하다. 타이밍상 여기서 도둑이 넘어간다면 패배로 직결하기 쉽다.

"모르겠다, 이거다!"

생각해 봤자 소용없다고 판단한 미아가 내 패에서 카드를 가져갔다.

그 순간 나는 무심코 입꼬리가 올라갔다.

이제 내 손에 도둑은 없다.

"잠깐만……! 설마 미아, 네가 뽑았어?"

"미안해, 카논. 가능하면 이 골칫거리를 가져가 주면 좋겠는데."

"싫어! 절대 안 뽑을 거야!"

아, 플래그다.

그렇게 생각한 순간에는 이미 상황 종료. 카논은 미아에게서 도둑을 가져가고 말았다.

물론 패는 보이지 않지만, 눈이 입보다 더 웅변하고 있으니까.

이로써 카논의 패는 두 장뿐. 그중 하나가 도둑이라면, 절반의 확률로 그걸 뽑을지도 모르는 상황이 된다.

다만 카논에게는 아까 보여준 치명적이라 할 수 있는 습관이 있었다.

"……이거네."

"헉?!"

가차 없이 가져온 카드는 역시 도둑이 아니었다.

표정에 너무 많이 드러난다. 이러면 질 수가 없다.

"아무래도 2위는 나인가 보네."

더불어 카드도 짝이 모였다.

여기서 내 패는 한 장이 된다. 그리고 다음은 미아가 내 카드를 가져갈 차례다.

"후우……. 뭐, 아직 첫판이니까."

미아가 내 카드를 가져가자 이것으로 나도 승리.

그리고 여기서 카논의 비극이 일어났다.

"아, 짝 맞았다."

나에게서 카드를 가져간 미아의 손안에서 짝이 보이고 말았다.

짝을 이룬 카드를 버리자 그녀의 패는 한 장이 되었다.

다음은 카논이 미아에게서 카드를 뽑을 차례. 즉 이미 카논에겐 승산이 없다.

"……다음 판에서 두고 봐."

카논은 분한 표정을 지으며 마지막 한 장을 뽑았다.

"잡소리는 됐고, 빨리 카논의 비밀을 듣도록 할까?"

"꽤 오래 알고 지냈지만, 카논의 비밀 들어보고 싶어."

나보다 오래된 사이인데도 미아와 레이는 카논의 비밀에 흥미진진해했다.

확실히 이만큼 같은 시간을 보냈다면 오히려 모르는 게 더 적을 것이다. 그렇게 생각하니 궁금해질 만도 했다.

"알았다고……. 내가 하자고 했으니까. 제대로 된 비밀을 말해주겠어!"

이렇게 깔끔하게 자포자기하는 인간은 처음 봤다.

"그…… 되게 창피한 건데……. 요즘 키가 1cm 줄었어."

아, 그러냐…….

사무소가 공개한 자료에 따르면 레이의 키는 162cm, 미아는 170cm, 그리고 카논은 154cm다.

즉 거기서 1cm가 줄어들었다는 건 지금은 153cm가 되었겠군.

솔직히 전혀 못 알아보겠지만.

"린타로, 사실 카논은 키를 2cm 속였어. 그래서 정확하게는

151cm."

"하찮은 사기구나……."

허세를 부렸다고 해도 규모가 너무 작다.

2cm라니. 하다못해 5cm쯤 키우라고. 뭐, 그럼 바로 들킬 테지만.

"왜 말하는 거야, 레이! 그거 나중에 졌을 때를 위해 아껴놓은 건데!"

"안 돼, 카논. 나와 레이가 그 사실을 알고 있는 한 비밀이 아니니까."

"그, 그렇네……!"

"키가 줄어들었다는 건 처음 들었으니 벌칙 기준은 클리어네. 언제 알아차린 거야?"

"……수영복 사이즈를 쟀을 때야. 그때 키도 쟀더니 학교 신체검사에서 나온 결과보다 1cm 작았어."

그 이야기를 듣고 있던 우리 사이에 오묘한 분위기가 흘렀다.

카논이 너무나 심각한 얼굴로 말해서 그냥 웃어넘길 수가 없었다. 신체적 특징은 좀처럼 태클걸기 어렵기도 하고.

"……잠깐, 웃어도 괜찮거든?"

"하지만 카논은 키 신경 썼잖아? 그래서 건드리지 않는 게 나을까 했는데."

"이상하게 배려하지 마! 나는 나를 아주 좋아하고, 거기엔 이 키도 포함되어있거든! 신경 쓰는 건 무대에 섰을 때 너희와의 밸런스야!"

"그래?"

"그래! 뭐…… 적어도 155는 되고 싶단 생각은 늘 하지만."

이 점은 옆에서 들어도 진심인 것 같았다.

"그보다 너희 몰라? 남자들은 키가 작은 걸 더 좋아한다고."

"흐응, 그런 소릴 하는구나? 그럼 린타로에게 물어볼까?"

"좋아! 자, 린타로. 말해줘."

왜 여기서 나한테 유탄이 날아오는 걸까.

아무리 의문을 느껴도 세 사람의 시선은 이미 나를 붙잡고 있다.

"하아……. 키 같은 건 상관없잖아. 결국은 그 녀석의 매력으로 이어지냐 아니냐지."

"그 말은?"

"성격이 마음에 안 들면 그 녀석이 아무리 키가 작고 귀여워도 싫어. 반대로 한 번이라도 좋아하게 되었다면 그 녀석의 키도 좋아하게 되겠지. 외모만 마음에 들면 그게 전부라는 녀석도 있을 테지만."

"즉 너는 키로 여자를 고르지 않는다?"

"뭐, 취향만 놓고 말하면 크지 않은 게 좋긴 해."

"평화롭게 끝나려던 분위기에 터무니없는 폭탄을 투하하는구나, 린타로."

미아의 말 뒤에서 카논의 표정이 확 밝아졌다.

그리고 그대로 내 옆에 달라붙듯이 다가오더니 어깨에 머리를 비벼댔다.

"에이, 잘 알고 있네. 자. 작은 게 좋다고 말한 상으로 내 머리를 쓰다듬어도 돼."

"기뻐하는 와중에 미안하지만 나는 딱히 작은 게 좋다고 말한 건 아니거든."

"어?"

"**나보다** 크지 않은 게 좋다는 뜻이야."

세 사람에게 한 명씩 시선을 보냈다.

이 중에서 제일 키가 큰 사람은 아까도 말했듯 170cm인 미아.

하지만 그런 미아라고 해도 나보다는 확실히 작다.

"린타로, 몇 센티?"

"178cm."

"들어맞는 범위가 너무 넓어."

어안이 벙벙한 사람이 한 명, 안도한 사람이 한 명, 감탄한 사람이 한 명인가.

"반대로 어중간한 건 별로. 키가 클 거면 나보다 훨씬 큰 게 좋고, 작을 거면 확실하게 작은 게 좋아."

"……그럼 우리 전원이 다 해당하잖아."

"그건 부정하지 않아. 그러니까 상관없단 거야."

"나! 오늘 너한테 내내 휘둘리는 느낌이 드는데!"

카논이 새빨개진 얼굴로 소리쳤다.

오히려 이 녀석이 다양한 게임을 제안했으니 휘둘리는 사람은 나라고 보는데.

"뭐 됐어……. 내 비밀은 하나 말했으니까 바로 다음 게임 가자."

"자리 안 바꿔도 돼?"

"왜? 바꾸고 싶어?"

"아니…… 그런 것까진 아니지만."

"그럼 귀찮으니까 이대로 가자. 자자, 카드 나눠준다."

나는 널 위해서 한 말이었는데── 뭐, 이대로도 상관없다면 나는 고맙다. 이 순서대로 가는 한 나는 조커의 위치를 알 수 있으니까.

바로 다음 게임이 시작하고 몇 바퀴.

의외로 카논이 1등이었고, 다음으로 내가 승리했다.

이렇게 미아와 레이의 일대일 승부가 되었고 도둑은 레이가 가진 상태.

"이럴 때만큼은 그 포커페이스가 부럽다니까."

"딱히 의식한 건 아니야."

도둑 잡기가 시작된 뒤로 레이의 무표정이 가속화한 건 틀림없었다.

카논과 더해서 반으로 나누면 딱 좋을 텐데.

"……뭐, 이걸로 가자."

결국 미아는 생각을 그만두고 적당히 두 장의 카드 중 하나를 뽑았다.

그 순간 레이의 표정이 잠깐 어두워졌다.

"아, 왔다."

그 말과 함께 미아의 손에서 마지막 카드가 내려갔다.

이것으로 이번 게임은 끝나고 패자는 레이가 되었다.

"끙……. 운으로 졌어."

"미안해라."

"이것만은 어쩔 수 없지. 그럼 내 비밀을 말할게."

레이의 비밀이라.

은근히 뭐든 숨김없이 말하는 그녀이기 때문에 지금까지 아무에게도 말하지 않았던 비밀이 무엇인지 궁금했다.

"……가끔 밤중에 배가 고파. 그래서 여벌 열쇠로 린타로의 집에 들어가서──."

──응?

"냉장고에 넣어둔 반찬이나 밥을 조금 주워 먹고 돌아와."

""푸흡.""

나와 카논의 하모니였다.

그리고 우리는 동시에 레이를 추궁했다.

"그렇게 야식은 살찌니까 안 된다고 했지?!"

"어쩐지 냉장고에 넣어둔 게 줄어든다 했더니 네가 범인이었냐!"

"우……. 잘못했습니다."

일주일에 한 번 정도 일어나는 사소한 사건이지만, 사실은 아침에 일어나서 도시락을 싸려고 했더니 밥도 반찬도 부족할 때가 몇 번 있었다.

이상하긴 했다. 하지만 아무리 그래도 누가 몰래 먹었을 줄은 몰랐으니 그때는 내가 양을 잘못 가늠했다고 받아들였다.

설마 이런 곳에서 식재료가 새어 나가고 있었다니.

"부족한 양은 다음 날에 다시 만들어놨다고……. 다음부터 먹고 싶을 때는 깨워서 말해."

"하지만 그건 조금 면목이……."

"나는 너한테 차가운 잔반을 먹이는 게 좀 싫어. ……그럼 야식용으로 주먹밥이라도 만들어둘 테니까 다음부터는 그걸로 참아라?"

"참으라니…… 오히려 고마워."

이로써 이쪽 문제는 일단 해결이다.

남은 문제는──.

"레이~? 린타로가 용서해줘도 나는 용서 못 해."

"윽……. 미안."

"딱히 화난 건 아니지만, 그런 생활 패턴에도 살이 안 찌는 건 그 젊음 덕분이거든? 언젠가 뒤룩뒤룩 쪄버릴 거야."

"……경험담?"

"동갑이거든, 바보야!"

그런 만담 같은 대화를 주고받는 두 사람을 배경으로 미아가 살금살금 내 옆으로 다가왔다.

"어쩐지 보호자 같지? 카논."

"그러게. 제법 각이 잡혔는데."

"동생이 많았기 때문인가 봐. 그래서 저럴 때의 카논은 무척 든든하지."

든든하다. 확실히 그 말대로다.

이러니저러니 해도 적어도 레이보다는 야무진 인간이라는 건 처음 만났을 때부터 이해했다.

하지만 유독 인상적인 건 역시 카논이 약한 모습을 드러냈던 그날 밤.

그런 약한 부분을 나만이 알고 있다는 건, 의외로 우월감으로 이어지는 모양이다.

"잠깐 거기! 히죽거리지 마!"

이런, 어느새 입꼬리가 위로 올라갔었나 보네.

나는 헛기침을 한 뒤 끼어들었다.

"잔소리도 필요하다고 하지만, 오늘은 다음 게임 가자. 아직 두 개밖에 폭로되지 않았잖아."

"쳇, 목숨 건진 줄 알아! 레이!"

아까 화 안 났다고 했잖냐.

"얘들아, 잠깐 제안할 게 있는데."

"뭔데?"

"도둑 잡기는 10판까지만 하지 않을래? 언제까지 할지 안 정했잖아."

"뭐, 그 정도가 적당할지도 모르겠네."

"그리고 마지막 판에서 진 사람은 가장 부끄러운 비밀을 털어놓는 건 어때?"

"큭! 좋아! 받아들이겠어!"

질릴 때까지 같은 애매한 기준이 아니라 명확하게 끝이 보이는 건 나도 지루하지 않으니 미아의 제안이 고마웠다.

다만 가장 부끄러운 비밀이라는 건 좀 어렵다.

어중간한 비밀로는 인정받지 못한다는 건가── 애초에 나는 비밀이 별로 없는데.

"그럼 세 번째 게임을 시작할까."

다시 카드를 나눠 갖고 새 게임이 시작되었다.

그 후 같은 게임을 여섯 번 반복되었지만 결국 나는 카논 덕분에 한 번도 지지 않고 넘어갔다.

현재 여덟 번째 게임이 끝나고 카논이 다섯 번, 레이가 두 번, 미아가 한 번 벌칙을 받았다.

그리고 마지막을 코앞에 둔 아홉 번째 게임.

나에게서 도둑을 뽑아버린 미아가 끝까지 그걸 넘기지 못한 채 게임이 끝나서 벌칙은 그녀가 받게 되었다.

"으음, 아쉬워라. 슬슬 린타로의 비밀을 폭로하게 하고 싶었는데."

"미안하다. 오늘은 운이 좋은가 봐."

"뭐, 운도 실력이니 어쩔 수 없다. 으음, 내 폭로는 두 번째지?"

그렇게 말하는 미아의 표정은 별로 힘들어 보이지 않았다.

대조적으로 카논은 상당히 초췌해졌다.

이것이 폭로 횟수 두 번과 다섯 번의 차이다.

"음, 그래. 최근 속옷 사이즈가 안 맞게 되었다는 이야기는 했던가?"

"어…… 처음 듣는데?"

"아, 그럼 이걸로 가도 되겠네. 사실 오늘 수영복 사이즈도 지난번과는 달라졌어. 이젠 F면 낀단 말이지."

"아악! 듣기 싫어! 든~ 기~ 싫~ 어~!"

"그런 소리 하지 말고, 내 폭로 벌칙이니까 제대로 들어주지 않으면 곤란해."

"벌칙으로 자랑하는 인간이 어딨어!"

아우성치는 카논과 속삭이듯 들려주려고 하는 미아.

그린 두 사람을 나는 레이보다도 무표정한 얼굴로 쳐다보았다.

실제로 어떤 마인드로 들어야 하는지 알 수 없지 않냐? 전국에 있는 남자들에게 묻고 싶다.

이런 시추에이션에 휘말렸을 때 어떻게 대응해야 하는지.

참고로 성희롱이 될 법한 대답은 무시하겠습니다.

"아까 키 이야기와 비슷한 질문인데, 린타로는 큰 게 좋아? 아니면 작은 게 좋아?"

"……노 코멘트."

"어라, 아쉬워라."

내가 가슴 사이즈 취향을 말하는 때가 온다면 그건 내가 벌칙을 받을 때다.

다만 이제 남은 건 운명을 건 열 번째 게임뿐.

그리 생각하진 않았지만, 여기서 졌을 때 폭로할 내용으로는 조금 약하다.

"이제 됐어! 자, 다음 마지막! 여기서 지면 정말로 부끄러운 비밀을 폭로! 불만 없지!?"

"없긴 한데……."

"뭐야, 린타로. 겁 먹었어?"

뭐, 당사자인 카논이 의욕적이라면 됐다.

"아무것도 아니야. 카드 뿌려."

"반드시 콧대를 꺾어주겠어!"

마지막 게임이라고는 하나 지금까지 했던 것처럼 하면 지지 않는다.

전원이 순조롭게 카드를 줄여나가고 이윽고 미아와 레이가 빠르게 승리했다.

남은 건 나와 카논. 내 패는 한 장이고 카논의 패는 두 장.

그리고 도둑은 카논이 갖고 있다.

이 상황만 만든다면 질 수가 없다.

"미안하다, 카논. 이걸로 끝이야."

"뭐, 뭐야! 알 수 없는 거라고!"

스윽 카드로 손을 뻗었다.

왼쪽 카드를 뽑으려고 한 순간 그녀의 표정이 바뀌었다.

즉 이 카드가 도둑. 나는 반대쪽 카드를 가져오면 된다.

그리고 나는 그 카드를 뽑았다.

순간 카논이 씩 웃었다.

──불길한 예감이 등을 타고 올라왔다.

"걸렸구나! 린타로!"

"무슨……."

내가 가져온 카드는 설마 했던 도둑.

무슨 일이 일어난 건지 알 수 없어 나는 그저 멍하니 그 그림을 쳐다보았다.

"이때를 위해 나는 계속 책략을 짰다고……! 도둑에 반응해서 표정이 바뀐 것도 전부 연기지! 훌륭하게 속았구나!"

당했다. 이것이 아이돌의 연기력인가.

"큭……. 하지만 아직 승부가 난 건 아니잖아! 어차피 50%의

확률이다. 여기서 네가 뽑을 수 있을 리가!"

"후, 바보구나. 남을 이용해서 운 게임에서 도망쳤던 녀석과 여기까지 착실하게 기반을 닦아온 나는 수준이 다르다고! 승리의 여신이 웃어주는 사람은 나야!"

카논이 나에게서 카드를 가져갔다.

그렇게 내 손에 남은 카드는 도둑이었다.

"말도…… 안 돼."

"그럼 마지막 벌칙을 받아주실까?"

눈앞에서 짝을 맞춘 카드가 테이블 위로 떨어졌다.

여기에 와서—— 설마 마지막 순간에 지다니.

"린타로의 큰 비밀, 알고 싶어."

"레이에게 전면적으로 동의. 평소였다면 분명 어물쩍 회피했을 테니까 오늘만큼은 무척 기대되네."

당연하게도 아군은 없다.

나는 크게 한숨을 쉬고 소파에 깊이 파묻히듯 앉았다.

일단 나에게도 아무에게도 말하지 않은 비밀이 하나 있었다. 그게 알려진다고 생각하기만 해도 수치심이 치밀지만, 이 녀석들도 실컷 비밀을 폭로했으니 나만 도망치는 건 비겁하지.

"별로 재미있는 건 아니지만……. 사실, 은, 내가 정말로 꺼리는 게 있어."

"어? 뭔데. 음식?"

"아니. ……천둥."

"뭐어?"

어리둥절한 표정인 카논 옆에서 레이와 미아도 같은 표정을 짓고 있었다.

뭐, 그런 반응이 나올 만도 하지.

"천둥의 소리도 울림도…… 그 검은 구름이 번쩍하는 순간도…… 영 힘들어. 올해는 천둥 치는 날이 별로 없어서 그나마 다행이었지만, 한밤중에 울리면 이불을 푹 뒤집어쓰지 않으면 잠을 못 자기도 해."

"".......""

어째서인지 셋 다 묵묵히 내 이야기를 들었다.

묘하게 민망한 분위기 속에서 반응을 살피려고 세 사람의 얼굴로 시선을 던졌다.

그러자 그런 나와 눈을 마주치며 레이가 툭 중얼거렸다.

"──귀여워."

이 세상에 이보다 더 쪽팔릴 수 있을지 의심스러울 정도로 식은땀이 확 분출되었다.

평범하게 겁쟁이라면서 놀려대는 게 차라리 낫다. 귀엽다는 말은, 나에게는 '너 남자답지 않구나'의 최상위판이다.

"큭……. 실망했으면 더 대놓고 웃든가."

"실망 안 했어. 오히려 지금까지 린타로의 단점이 안 보였으니까, 그걸 알아서 기뻐."

"그, 그만해……."

레이의 긍정적인 의견조차 지금은 몸에 안 좋다.

몸부림치는 내 양어깨에 손이 올라왔다. 돌아보자 굳이 이동해온 카논와 미아가 서 있었다.

"나이스 폭로, 린타로."

"또 견디기 힘든 밤이 와도 앞으로는 우리가 곁에 있어 줄게."

아아, 차라리 죽여줘──.

"그럼…… 슬슬 잘까."

미아가 그렇게 말을 꺼내자 나는 고개를 들었다.

완전히 망신살이 뻗친 뒤 우리는 별다른 벌칙이 없는 카드 게임을 즐겼다.

다우트도 하고, 대부호도 하고.

서로 도발하기도 하면서 진행하는 게임은 상상했던 것보다 더 재미있어서 어느새 밤도 깊어진 시각이 되어버렸다.

"아, 그러게. 자려고 하니까 갑자기 졸려……."

"응, 나도 졸려."

듣고 보니 확실히 나도 졸음이 왔다.

방심하면 멍해진다. 이래서야 풀썩 잠들어버리는 것도 시간문제다.

"그럼 양치하고 잘까……."

"그러자. 자, 레이와 카논도 일어나."

아직 움직일 만한 듯한 미아의 재촉을 받아 우리는 이를 닦은 뒤 침실로 향했다.

네 명이서 한꺼번에 들어간 침실에는 침대가 두 개.

낮에 선크림을 바를 때의 사건 때문에 우리는 침대가 둘 뿐인 방에서 네 명이 자게 되었다.

"린타로, 정말 거기서 자도 돼?"

"너희와 같은 침대에서 자는 것보다 훨씬 나아. 사실은 같은 방에서 자는 것 자체를 허락하기 싫다고."

나는 침대와 침대 사이에 있는 공간에 이불을 여러 겹 깔아서 푹신하게 만들었다.

상당히 고급스러운 이불을 겹쳐 깐 덕분인지 누워도 바닥의 딱딱함은 거의 느껴지지 않는다.

아주 피곤한 지금이라면 금방 숙면할 수 있을 것 같다.

"너는 정말 착실하구나……. 오히려 진짜로 우리에게 관심 없는 거 아냐?"

"관심을 안 가지려 하는 것뿐이야. 애초에 내가 그런 흑심이 있는 인간이었다면 같은 맨션 같은 층에 사는 것 자체를 허락하지 않았을 거 아냐?"

"뭐 그건 그렇지만. 으음…… 하긴 그래. 이 환경에서 손을 대지 않는 너를 순순히 칭찬해주겠어."

게다가 그런 인간이었다면 애당초 레이가 이렇게 나를 잘 따르지도 않았겠지.

레이는 어딘가 어리바리한 구석이 있지만 절대 머리가 나쁜 인간은 아니다.

욕망에 충실한 것뿐, 생각이 없는 건 아니란 소리다.

그런 그녀와 동료들에게 이렇게까지 접근하는 게 허용된 상태.

그런 신뢰가 참으로 기분 좋았고, 무너트리고 싶지 않다.

"나도 이렇게 가까운 곳에 남자가 있는 건 상당히 신선하니까, 최근에는 하루하루가 꽤 즐겁기도 해."

"나도 대충 미아와 같아. 린타로 같은 남자는 주위에 전혀 없었거든."

나쁜 기분은 아니었지만, 슬슬 민망했다.

나는 담요를 얼굴까지 끌어올린 뒤 확 고개를 돌리고 눈을 감았다.

"앗, 도망쳤다."

"후후, 뭐 토라지면 곤란하지. 가만히 두기로 할까."

침대 위에서 미아와 카논이 눕는 기척이 느껴졌다.

하지만 내가 안심하고 잠들려는 순간 목소리가 들렸다.

"잘 자, 린타로."

"……그래, 잘 자."

내가 이 자리에 있는 계기가 된 여자의 목소리.

그 목소리는 더없이 부드럽고 따스했다.

잠을 자면서 나는 꿈을 꾼다.

그건 예전에 갔던 파티의 광경. 몇 번이나 꾼 그 꿈이다.

옆에는 금발의 소녀가 앉아있다.

소녀는 내가 가져온 뷔페의 음식을 입 안 가득 먹고는 행복하다는 표정을 지었다.

역시 저 얼굴은——.

"끄헉?!"

내 의식은 순식간에 현실로 되돌아왔다.

배에서 느껴진 묵직한 통증. 그 정체를 확인하기 위해 고개를 들자 그곳에는 여자의 맨발이 올라가 있었다.

"으응……. 그 가슴 조금 나눠줘……."

"……돌겠네."

침대 위에서 자고 있던 카논이 나에게 발꿈치 찍기를 먹였다.

그러고 보면 이 녀석 잠버릇이 아주 나빴지.

'나중에 보자…….'

깨워서 잔소리할 만큼 속 좁은 남자는 아니다.

최대한 소리를 내지 않도록 조심하며 카논의 몸을 침대 위로 돌려놨다. 그때 카논과 한 침대에서 자는 레이의 모습이 눈에 들어왔다.

결국 카논과 레이가 같은 침대에서 자게 되었는데, 음, 지금까지는 아직 무사한 모양이다.

왜 처음에 바로 옆에서 자는 레이가 아니라 나에게 피해가 온 건지…… 조금 이해할 수 없지만, 이 상황에서는 나만 일어난 거라 다행이다.

'……물이라도 마실까.'

냉방이 돌아가는 실내는 쾌적한 온도였지만, 대신 목이 금방 말랐다.

나는 살금살금 방에서 나와 부엌으로 향했다.

그대로 부엌의 수도꼭지를 틀어 컵에 물을 받고 천천히 창가로 이동했다.

창문 너머로 보이는 풍경은 의외로 밝았다.

아무래도 보름달이 가까운 모양이다. 달도 그렇지만 도시에서 떨어진 곳이라 그런지 별이 가득한 하늘이 보였다.

조금 더 가까이서 보고 싶다——.

그렇게 생각한 나는 샌들을 신고 밖으로 뛰쳐나왔다.

"오오……."

가로막는 게 아무것도 없는 장소에서 보는 하늘은 창문 너머로 본 것과는 완전히 달랐다.

자연에 압도당하는 건 대체 얼마 만이지.

어느새 졸음도 어딘가로 사라지고, 나는 그저 그 광경을 망막에 각인하고자 필사적으로 올려다보았다.

"……린타로?"

별안간 내 이름을 부르는 목소리가 들렸다.

뒤를 돌자 그곳에는 나와 마찬가지로 샌들을 신고 뛰쳐나온 레이의 모습이 있었다.

그녀는 내 얼굴을 보더니 기쁘다는 듯 웃었다.

"눈을 떴더니 어디에도 안 보여서, 있다면 여기인가 했어."

"미안, 조용히 나오려고 했는데. 깨웠어?"

"으으응. 내가 일어난 건 카논 때문이야. 늑골에 주먹이 꽂혔어."

그렇게 말하며 레이는 옆구리 부근을 문질렀다.

옆자리에 돌려놓은 건 나니까 결과적으로는 나 때문이다.

뭐, 굳이 말하지는 않지만.

전부 카논 잘못인 걸로 하자. 그게 제일 평화적이다.

"나도 방금 카논의 킥을 먹고 일어났어. 너도 나도 재난이었구나."

"그러게. 하지만 카논이니까 어쩔 수 없지."

"하하, 잠버릇은 조심할 수가 없으니까."

그야말로 몸을 밧줄로 묶어놓지 않는 한 그 잠버릇을 교정하는 건 불가능할 것이다.

하지만 그 모습을 상상하자 너무나도 웃긴 광경이라 웃음이 치밀었다.

카논의 명예를 위해 콜록거리면서 웃음을 참은 나는 다시금 레이에게 몸을 돌렸다.

"……잠시 대화할까?"

"……응."

우리는 모래사장까지 이동해서 낮에 휴식하려고 썼던 매트 위에 앉았다.

파라솔은 접어서 매트 위에서도 별이 보이도록 시야를 틔웠다.

"어제까지는 계속 촬영해서 피곤하니까 이렇게 별을 보려고도 하지 않았어. 이렇게 예뻤구나."

"그거 아깝네. 오늘은 카논에게 고마워해야 하나?"

"그럴지도. 깨워줘서 고맙네."

내일 고맙다고 해봤자 그 녀석은 어안이 벙벙할 뿐이겠지.

뭐라고 한 소리 할까 생각했었는데, 이렇게 좋은 일도 있었으니 안 하기로 했다.

"또 오고 싶어?"

"응?"

"린타로가 괜찮다면, 나는 또 이렇게 같이 여행 가고 싶어. 가을 엔 단풍을 보러 가고, 겨울엔 스키나 온천⋯⋯. 봄이 오면 벚꽃놀 이에, 또 여름이 오면 여기에 돌아오고 싶어. 전부 린타로와 같이."

"⋯⋯그렇게 나와 같이 있고 싶어?"

놀리듯이 그렇게 묻자 레이는 순간 놀란 듯 눈을 크게 떴다.

그리고는 그 눈을 가늘게 휘더니 희미한 미소를 지었다.

"──응. 계속 같이 있고 싶어."

거기에는 흐림 하나 없는 순수한 호의가 있었다.

나는 한 번 레이에게서 시선을 돌리고 다시 하늘을 올려다보았다.

"그래⋯⋯. 나도."

나는 내 의사로 분명히 그렇게 말했다.

이런 걸 눈을 보고 말할 수 있을 리 없다.

마음이 침착해진 뒤에야 간신히 레이와 다시 눈을 마주칠 수 있 게 되겠지.

"그거⋯⋯ 진짜로?"

"이런 상황에서 거짓말을 왜 하냐. 한번 말한 걸 굽힐 생각도 없어."

"⋯⋯기뻐."

두 사람 사이에 있던 거리를 레이 쪽에서 조금 좁혔다.

이미 우리 사이에는 조금이라도 움직이면 닿을 만한 거리뿐이 었다.

감질나고, 아쉽다.

내가 내가 아니었다면, 레이가 레이가 아니었다면 전부 무시하고 가 닿았을 텐데.

"있지, 린타로."

"……왜?"

"……으으응, 아무것도 아니야."

"그러냐."

우리는 서로 거기서 입을 다물었다.

지금 관계에서 앞으로 나아가는 건 아직 이르다.

그녀가 꿈을 계속 꾸는 한, 우리의 관계를 바꾸는 건 어렵다.

나도 레이도 같은 마음이라고 해도——.

"조금만 더 보고 갈까."

"응……. 그러자."

우리는 그저 하늘의 별을 올려다보았다.

이 마음은 비밀로 하고 이 장소에, 이 여름에 두고 가자.

언젠가 찾으러 와서, 언젠가 그녀에게 전할 수 있도록.

"어째서 이렇게 된 거냐……?"

잠에서 깬 나는 눈앞에서 펼쳐진 프로레슬링을 그저 멍하니 바라보았다.

아니, 프로레슬링이라고 말하기에는 너무 일방적인가.

레이와 카논이 같은 침대에서 자고 있었는데, 어째서인지 카논의 팔이 레이의 목에 감겨 있다.

뒤에서 엉겨 붙었다고 하면 될까. 그런 기술에 걸린 불쌍한 레이는 아까부터 계속 괴로운 듯 신음하고 있었다.

아무리 그래도 죽을 만큼 강하게 조르는 건 아니지만, 지금쯤 레이는 문어가 달라붙은 악몽이라도 꾸고 있을 것이다.

그렇게 생각하자 카논의 머리카락 색도 삶은 문어처럼 보이기 시작했다.

"어라? 잘 잤어? 린타로."

"어, 깼냐? 그래, 잘 잤어?"

레이와 카논을 보던 내 뒤에서 미아가 몸을 일으켰다.

그녀는 하품을 한 번 흘리더니 나를 보고 히죽히죽 놀리는 표정을 지었다.

"혹시 레이와 카논의 자는 얼굴이라도 즐기고 있었어? 그렇다면 방해해서 미안해."

"헛소리는. 이걸 보고 말해."

내가 턱짓으로 침대를 가리키자 미아는 침대에서 일어나 나와 마찬가지로 레이와 카논을 내려다보았다.

그리고는 이해했다는 듯 '아……' 하는 목소리를 흘렸다.

"이건 뭐라고 할까…… 지금까지 봤던 것 중에 가장 심한 잠버릇이네."

"오, 이게 최고걸작이었냐."

"침대에서 떨어진다거나 그런 차원이 아니니까. 하지만 슬슬 레이가 불쌍한걸?"

"……그러게. 깨워야겠다."

미아가 카논의 어깨로 손을 뻗어 몸을 흔들었다.

그렇게 천천히 의식이 수면 위로 올라온 카논이 눈을 떴다.

"잘 잤어? 카논. 슬슬 레이를 놔 주지 않을래?"

"으응……, 어…… 어? 어라? 왜 레이가 여기 있어?"

아직 잠이 덜 깬 모양이다.

레이에게서 팔을 뗀 카논은 그대로 천천히 몸을 일으켰다.

"……아아, 그랬지. 코티지에서 잤어. 그래서……."

"여전히 아침에 약한가 보구나. 자, 세수하고 와."

"응……."

상황을 전혀 파악하지 못한 채 카논은 방에서 나가려고 했다.

으음, 위험해 보이는데.

"계단에서 넘어지면 큰일이니까 잠깐 따라갔다 올게. 레이를
깨워줄래?"

"알았어. 부탁할게."

미아와 그런 대화를 주고받은 뒤 나는 카논을 쫓아 방에서 나
왔다.

복도로 나온 카논은 비틀비틀 계단을 내려가는 중이었다.

허둥지둥 달려가 그녀의 몸을 부축했다.

"야야, 똑바로 걸어."

"으응……."

"놀라울 정도로 잠이 덜 깼구나."

허리에 손을 감아 부축하면서 계단을 내려갔다.

그대로 세면대로 향해 거울 앞에 카논을 세웠다.

"자, 세수해."

"으응……."

물을 틀어주자 눈앞에서 촥촥 세수하기 시작했다.

왠지 동물을 돌보는 듯한 기분──.

"어라……, 린타로?"

"응? 오냐, 잘 잤어?"

거울 너머로 카논과 눈이 마주쳤다.

그러자 그녀의 얼굴이 서서히 붉게 물들더니 갑자기 힘차게 돌아보았다.

"왜 린타로가 내 집에 있어?!"

"네 집 아니거든. 잘 봐."

"어?! 아, 아아! 그래! 그랬었지! 코티지에 와 있었지……."

당황한 듯 카논은 자신의 발언을 철회했다.

뭘 그렇게 당황하는 거냐. 내가 난감해하고 있었더니 그녀는 자신의 빨간 얼굴을 식히듯 거듭해서 찬물로 세수했다.

"기어이 자기 집에 끌고 왔나 생각했잖아……."

"그럴 리 있겠냐."

"왜 들은 거야?! 러브코미디에선 난청을 발휘할 타이밍이잖아?!"

"이 거리에서 말해놓고 안 들릴 리가 없잖아. 현실적으로 생각해."

"그렇긴 하지만! 그렇기야 하지만!"

나는 대체 왜 혼나고 있는 걸까?

뭐, 한참 전부터 이해할 수 없는 녀석들이라고 생각했었으니 일일이 지적하는 건 때려치우자.

"그래서, 왜 내 등 뒤에 진을 치고 있는 거야?"

"네가 잠에 취해서 휘청휘청 계단을 내려가길래 걱정된 것뿐이야."

"간병인……!"

"네가 그 결론을 내리면 안 되지 않냐."

확실히 중간부터 나도 그렇게 생각했지만.

"자자, 거기 두 사람. 아침부터 꽁냥거리지 말고 세면대 넘겨 줘. 뒷사람이 막혀버렸으니까."

"……졸려."

아무래도 두 번째 환자가 온 모양이다.

미아는 졸린 눈을 비비는 레이의 손을 잡아끌어 세면대 앞으로 데려가더니 우리가 비워준 자리에서 세수하게 했다.

그럼── 이 틈에 아침이라도 만들까.

나는 부엌으로 이동한 뒤 달걀과 베이컨을 구우며 식빵을 토스터에 넣었다.

이것을 끝으로 아일랜드 키친과 작별한다고 생각하니 어쩐지 쓸쓸하다.

언젠가 이런 집에 살아야지.

"너희들, 잊은 물건 없어?"

캐리어를 끄는 카논이 뒤를 돌아보며 물었다.

원래 1박만 하는 나는 별다른 짐도 없어서 배낭 하나로 충분했다.

귀중품을 꺼낼 필요도 없었기 때문에 잊은 물건은 절대 없다고 단언할 수 있다.

걱정되는 건 내 뒤에서 드르륵 캐리어를 끄는 두 사람.

"나는 여러 번 확인했으니까 괜찮아. 레이는?"

"괜찮아……. 아마도."

음, 걱정이다.

뭐, 그 걱정을 해소하기 위해서 몇 번씩 점검했으니 아마 괜찮겠지.

최악의 경우에도 청소할 때 발견될 테고.

"아, 하지만 잊은 물건은 아니고…… 잊은 행동은 있어."

"뭔데. 벌써 택시 와 있는데?"

"다 같이 사진 찍자."

……아하, 그렇군.

카논과 미아가 웃는 게 보였다.

두 사람은 레이를 포위하듯 서더니 몸을 바싹 붙였다.

"자, 린타로도."

"빨리 이쪽으로 오라고! 넷이서 찍어야지!"

여름인데 저렇게 딱 달라붙어선……. 보기만 해도 덥다.

머릿속으로는 그렇게 생각해도 다리는 자연스럽게 세 사람을 향해 걸어갔다.

결국 이번 여름은 주변의 눈을 신경 쓰지 않고 신나게 즐겼다고 해도 과언이 아니다.

이런 상황에서 빼 봤자 누구도 좋을 게 없다.

"린타로, 중앙에 와."

"야야······. 너무 호화로운 거 아니야?"

"뭐가?"

"······아무것도 아니야."

인기 아이돌 세 명에게 둘러싸여서 찍는 사진이라.

이건 평생 갈 보물이 될 것 같다.

카논과 미아가 나를 잡아당겨 레이 옆으로 유도했다.

엉거주춤하게 몸을 숙인 내가 살짝 시선을 들자 미아가 든 스마트폰이 시야에 보였다.

이게 소문으로 듣던 셀카라는 건가. 벌써 언제 적 소문인지도 모르지만.

"그럼 찍는다? 더 중앙으로 모여."

"자, 잠깐만! 나 밸런스가——."

촬영을 누르기 직전 중앙으로 몸을 기울이고 있던 카논의 밸런스가 무너졌다.

그 결과 그녀는 내 등을 눌렀고, 위에 있던 레이의 몸이 뒤로 젖혀졌다.

더불어 레이가 옆으로 밀려나자 미아와 몸이 부딪치는 바람에 우리 네 사람은 훌륭하게 붕괴했다.

그런 와중에 찰칵하는 소리가 무정하게 울렸다.

다 같이 확인한 사진에는 바닥으로 와르르 무너지는 우리의 모습이 찍혀 있었다.

어째서인지 전원의 얼굴은 흔들리지 않고 찍힌 덕분에 기적의 사진과도 같은 묘한 맛이 났다.

"으음……. 뭐, 실패라면 실패지만 어떻게 할까? 다시 찍을래?"

"……아냐. 이게 좋아. 왠지 즐거워 보여."

"후후, 그렇긴 해. 조금도 멋지지 않지만, 이것과 똑같은 사진은 다시는 못 찍을 테니까 이대로 간직하자."

옆에서 포즈가 붕괴한 원인인 카논이 식은땀을 흘리며 고개를 끄덕였다.

그런 그녀에게 황당해하면서도 나도 레이와 미아의 의견에 동의했다.

아무리 정갈한 사진보다도 이 무너짐이 가장 우리답다――.

그런 생각이 들었으니까.

"설마…… 그 린타로가 오토사키의 옆집이었을 줄이야."

우리 집 소파에 앉은 유키오는 어딘가 멍한 얼굴로 그렇게 말했다.

현재 이 집에는 나 말고 두 사람이 더 있다.

한 명은 절친한 친구인 이나바 유키오.

그리고 또 한 명은 우리의 아이돌 오토사키 레이다.

그렇다. 나는 오늘 마침내 유키오에게 모든 사정을 이야기하기로 했다.

"사실은 아무에게도 말하면 안 되는 일이지만, 너에게만은 말해두려고. 가족이라고 해도 과언이 아니니까."

"내, 내가 린타로의 가족이라니……. 기쁜 말을 해주네."

머리를 긁적이며 에헤헤 웃는 유키오.

그런 유키오를 보며 레이가 고개를 갸웃거렸다.

"레이, 왜 그래?"

"……정말 남자야?"

"뭔 소리야. 그야 비실비실하게 생겼지만 남자 맞거든?"

아까부터 그렇게 설명했는데도 어째서인지 레이는 계속 수긍하지 못한 모양이었다.

뭐, 처음엔 믿기 어려워하는 마음도 이해하지만 이렇게 셋이 같이 앉은 지 상당한 시간이 지났으니 이쯤 되면 믿어줘라.

이렇게 레이를 끼워서 설명하는 건 설명하기 쉽다는 요소 말고도 사정이 하나 더 있다.

레이의 여름방학 숙제를 돕기 위해서다.

바다 여행에서 돌아오고 날짜는 어느덧 8월 10일이 지나갔다.

남은 방학은 3주. 아직 여유가 있다고 할 수 있지만, 레이는 우리와 다르게 가혹한 연습과 스케줄이 있다. 끝낼 수 있을 때 끝내지 않으면 십중팔구 여름방학 마지막 날까지 끝내지 못한다.

"오토사키는 성적이 어느 정도였더라?"

"중간 정도."

"어라? 그랬나? 1학년 때는 정기 고사에서도 꽤 상위권에서 이름을 본 적 같은데."

"성적이 떨어지기 시작한 건 작년 2학기부터야. 그때쯤부터 바빠져서."

"아하, 그건 어쩔 수 없네."

유키오와 레이의 대화를 듣자 내 안에 한 가지 의문이 떠올랐다.

"그리고 보면 중학생일 때 이미 아이돌이었잖아? 우리 학교는 비교적 진학교인데, 굳이 난이도가 높은 곳을 지망할 필요도 없었던 거 아니야?"

"지금 학교를 지망한 이유는── 음, 비밀. 말 안 해."

"어? 뭐, 말하기 싫다면 안 해도 되지만."

여기서 머뭇거린다는 건 아버지에게서 좋은 학교를 졸업하란 말을 들었다거나 하는 이유인 걸까.

그런 거라면 나와 처지가 비슷하다.

"너도 고생하는구나……."

"……아마 착각일 테지만 지금은 됐어."

우리는 각자 숙제를 펴고 과제에 임했다.

레이를 돕는다고는 했지만, 딱히 그녀 대신 문제집을 풀어준 다거나 하는 건 아니다.

레이가 스케줄 때문에 오지 못했던 부분의 수업 내용 같은 걸 요약해서 가르쳐주고, 도저히 자력으로 풀 수 없는 문제가 있다 면 그것도 가르쳐준다.

그리고 레이가 문제를 푸는 동안은 우리도 남은 과제를 소화한 다는 게 오늘의 계획이다.

나나 유키오는 앞으로 한 시간 정도면 숙제가 끝날 것이다.

이미 첫날에 대부분 끝냈고, 남은 것도 '언제든 끝낼 수 있으니까 나중에 하자'라는 안이한 마음가짐으로 방치해놨던 과제들이다.

의외로 이런 게 마지막 날까지 남는단 말이지.

"이과 계열은 나한테 물어봐. 문과는 유키오가 더 잘 가르쳐주 니까 저쪽을 의지하고."

"알았어."

그렇게 우리는 묵묵히 과제에 임했다.

레이도 집중력은 역시 대단하다고 해야 할지, 지금까지 뒤처졌 던 걸 만회하듯 굉장한 속도로 문제를 풀어나갔다.

솔직히 대놓고 적당히 푸는 문제도 몇 개 보였지만, 끝내는 걸 우선하는 지금 상황에서는 문제 없다.

진지하게 임하기 시작한 뒤로 딱 두 시간 정도가 지났다.

나도 유키오도 이미 본인의 숙제는 끝내는 바람에 심심한 시간
이 흐르기 시작했다.

"……커피라도 타 와야겠다."

"도울까?"

"아니, 괜찮아. 적당히 책장에서 책이라도 읽어."

"알았어."

나는 굳은 몸을 풀어주며 부엌으로 이동했다.

그렇게 각자 입맛에 맞춘 커피를 타서 두 사람 앞에 대령했다.

"자, 레이. 커피 가져왔어."

"응, 고마워."

집중하던 레이도 이때만큼은 한 번 샤프를 놓고 머그잔에 입을
가져갔다.

그걸 보던 유키오는 어째서인지 불만이라는 표정이었다.

이상하네. 제대로 입맛에 맞춰서 탔을 텐데.

"유키오, 혹시 내가 잘못 탔어? 그럼 다시 타 오게……."

"아니, 그게 아니야. 오토사키의 머그잔이 린타로와 세트라서."

"응? 아, 식기 같은 것도 지금은 레이가 사주거든. 한참 전에
같이 사러 갔지."

"……치사해."

갑자기 유키오의 입에서 그런 말이 튀어나왔다.

"나도 그런 페어 아이템은 없는데!"

"필요 없잖아……. 나와 너 사이에 무슨. 레이도 일부러 맞춰서
산 건 아니잖아? 세트인 게 싸서 그런 거지."

레이에게 묻자 그녀는 이쪽을 향해 고개를 갸웃거렸다.

"나는 페어 아이템을 갖고 싶어서 이걸 산 건데?"

"거 봐! 역시!"

그런 의도가 있었냐──.

딱히 나쁜 일은 아니지만, 왠지 컵이 갑자기 무겁게 느껴졌다.

"게다가 그 머그잔이 자연스럽게 집에 있는 것도 이상해. 그러면서 왜 내 것은 없는데?"

"그러니까…… 그게 있잖아?"

"아무런 무늬도 없는 그냥 컵이잖아! 나도 페어로 갖고 싶어."

왜 발끈하는 거냐.

다만 나는 평소엔 그다지 고집부리는 게 없는 유키오가 이렇게 나오면 약해진다.

어쩔 수 없지. 최근에도 계속 레이하고만 있었으니 오늘은 유키오도 오냐오냐해주자.

"알았어. 그럼 다음에 네 전용 머그잔 사러 가자. 얼마 후엔 또 가족여행으로 해외에 갈 거지? 그게 끝나면 시간 만들 테니까."

"으……. 억지 부려서 미안해."

"상관없어. 네가 이런 식으로 나에게 뭔가를 요구하는 것도 잘 없는 일이고."

친구가 의지해주면 그게 또 의외로 기쁜 법.

물론 평소에도 항상 의지한다면 도저히 잘한다고 해줄 수 없지만, 이 녀석은 어지간한 건 뭐든 자기 혼자서 할 수 있는 탓에 제대로 의지한 적이 없다.

그야말로 스토커 피해를 당했을 때 정도.

　덧붙이자면 그때 일로 신세 진 유키오가 나한테 사양하는 방향으로 노선을 틀어버린 결과 나에게 별로 의지하지 않게 되었다고도 할 수 있다.

　"……나만의 특권이었는데."

　"너도 너대로 뭐랑 경쟁하는 건데?"

　어째서인지 레이와 유키오 사이에 불꽃이 튀었다.

　싸움까진 아니지만 어쩐지 두 사람 사이에 충돌이 발생한 모양이었다.

　"……응?"

　어떻게든 분위기를 풀기 위해 농담이라도 던지려고 고민하고 있었더니 별안간 내 스마트폰이 울렸다.

　내 머릿속에 불길한 예감이 휘돌았다.

　대체로 이런 타이밍에 스마트폰이 울리면 좋지 않은 일이 일어난다는 인상이 있었다.

　이번에도 또 트러블인 걸까. 스마트폰을 꺼내 화면을 보았다.

　"……미아?"

　전에는 니카이도에게서 공포의 라인이 왔었는데, 이번 상대는 미아였다.

　『지금 복도로 나올 수 있어?』

　으음, 뭔가 트러블이 있는 건 아닌 것 같은데.

　이 두 사람을 여기에 두고 가는 건 조금 걱정이었지만, 앞으로의 생활에서 둘이 친해지지 않으면 조금 곤란하다.

지금은 둘이서 우호를 다지라고 해야지. 모처럼 같은 반이고.

"오토사키는 린타로의 잠든 얼굴이 아주 귀엽다는 거 알아? 나는 몇 번 옆에서 잔 적이 있어서 알고 있지만."

"알아. 나도 린타로 집에서 잔 적 있고 그때 봤어."

"뭐?! 자, 잔 적이 있다고?! 잠깐, 그거 자세히——."

……역시 내버려 두자.

나는 점점 고조되는 두 사람의 대화에서 탈출해 복도로 나왔다.

그러자 무료한 듯 벽에 기대어 서 있던 미아와 눈이 마주쳤다.

"안녕, 갑자기 불러내서 미안해."

"어, 괜찮아. 그냥 친구가 와 있으니까 너무 오래 대화하진 못 해."

"괜찮아. 금방 끝나거든."

미아는 한 번 눈을 내리깔았다가 어딘가 촉촉한 시선을 보냈다.

그리고는 자신의 옷자락을 붙잡고 머뭇거린 뒤 한숨을 한 번 쉬고 입을 열었다.

"나와 사귀어주지 않을래?"

"……뭐?"

머리가 새하얘졌다.

지금 막 들은 말을 이해하지 못하고 뇌의 허용량을 넘어서 버렸다.

"……그게 다야. 대답은 다음에 들려줘."

——그럼 이만.

마지막으로 그런 말을 남긴 뒤 미아는 자기 집으로 돌아갔다.

내가 원하던 평온은 또다시 어딘가 먼 곳으로 도망쳐버린 모양
이다.

"린타로, 불꽃축제 가고 싶어."

"어?"

바다에서 돌아오고 며칠이 지났다.

여름방학도 슬슬 후반전.

학생들의 생활 리듬이 적절히 망가졌을 이 시기에 레이가 불쑥 그런 말을 꺼냈다.

"안 돼?"

"아니, 가고 싶으면 그냥 다녀오면 되지 않아?"

"린타로와 같이 가고 싶어."

"……그럴 것 같다고는 생각했지만."

나는 어시스턴트 아르바이트비로 산 요리 레시피북을 덮고 레이에게 몸을 돌렸다.

"몇 번이나 말했지만 너는 유명인이야. 그것도 아이돌이라는 민감한 직업이니까, 나와 같이 돌아다니는 게 위험하다는 것 정도는 알잖아? 게다가 불꽃축제면 보는 사람들이 널리고 깔린 장소고. 더욱 안 돼."

"괜찮아. 나에게 좋은 생각이 있어."

"……너의 좋은 생각에 여태까지 얼마나 휘둘렸는지."

결과적으로 별일 없이 이렇게 생활하고 있으나 나는 그 모든 것이 운이 좋았던 것뿐이라고 본다.

확실히 레이의 변장은 매번 완벽하지만——.

"변장하니까 괜찮다고 하지 마라? 아무리 네가 변장해도 보는 눈이 쇼핑몰 때와는 차원이 달라. 인파에 이리저리 치일 테고, 그러면 코앞에서 얼굴을 보는 사람도 속출하겠지. 그렇지 않아도 네 외모는 다 숨겨지지 않으니까 틀림없이 들킬걸."

"그건 무슨 뜻이야?"

"너처럼 예쁜 여자애는 잘 없다는 뜻이야! 이 말을 듣고 싶은 것뿐이잖아!"

"응, 만족."

요즘 레이가 묘한 수작을 부리게 되었다.

바다에서 나눈 대화 이후로 무언가 털어버린 건지 상당히 대담해진 느낌이다.

자신의 매력을 이해하기 시작했다고 할까.

아니 뭐, 아이돌인 이상 여태까지도 이해는 했을 테지만 내가 레이를 매력적이라고 느낀다는 걸 알아차렸다고 해야 하나, 나한테 예쁘다는 말을 시키려고 든다고 해야 하나…….

점점 나도 익숙해져서 요즘은 칭찬할 때 거부감이 약해진 느낌이다.

에휴, 이대로는 능수능란하게 칭찬하는 멋진 남자가 되어버리겠는데.

"하지만 괜찮아. 변장 이상으로 안 들킬 아이디어가 있어."

"……그게 뭔데?"

"그건 당일을 기대해줘."

"너 그렇게 무조건 나를 불꽃축제에 끌고갈 생각이냐——."

그리고 당일이 왔다.

"……."

뭐냐 이 템포.

어느새 축제 당일이 와서 나는 레이가 지정한 대로 회장에서 조금 떨어진 장소에서 대기하고 있었다.

최대한 사람이 덜 지나다니는 곳에서 기다리고 있긴 하지만 불꽃축제를 목적으로 온 인간이 상상했던 것보다 더 많았다.

——솔직히 나는 불꽃놀이에 그리 적극적이지 않았다.

이유는 뭐 다양하지만.

아니, 시작하기 전에 마이너스 사고에 빠지면 안 되지.

나는 머릿속에 떠오른 **안 좋은 추억**을 털어내고 생각을 리셋하기 위해 주변을 둘러보았다.

'그러고 보면 레이는 유카타 입고 오려나……?'

유카타를 입고 걸어가는 사람들을 보며 나는 문득 그런 의문을 품었다.

나도 집에서 나올 때 조금 불꽃축제다운 복장으로 갈까 고민했는데, 유카타는 갖고 있지도 않고 전에 여름용 잠옷으로 샀던 진베이는 주머니가 없어서 소지품이 늘어난다.

아무래도 저렴한 진베이엔 주머니가 없는 경우가 많은 모양인데, 당연하게도 돈을 아낀 나는 그 함정에 걸렸다.

아니, 함정이라고 해서 죄송합니다. 제대로 조사하지 않았던 제 잘못입니다.

"린타로, 기다렸지?"

멍하니 있던 나는 레이의 목소리를 듣고 고개를 들었다.

"아니, 별로 안 기다렸…… 잠깐, 너 그거 뭐야……?"

"예쁘지? 아주 귀엽고."

하얀색 바탕에 빨간색 꽃장식이 들어간 기모노.

구석구석 손질된 금발은 일본인의 전통의상과는 안 어울릴 줄 알았는데, 역시 아이돌. 레이에게는 어떤 의상이든 완벽하게 소화해내는 잠재력이 있었다.

하지만 이래서야 밀스타의 레이라는 걸 바로 알 수 있──는 건 아니고, 그녀의 얼굴을 덮은 **여우 가면**이 그녀를 그녀로 인식하게 만들어주는 부분을 쏙 가려버렸다.

"설마 네 아이디어가……."

"그래, 이걸 쓰면 아무도 모를 거야."

그야 그렇겠지. 애초에 얼굴이 거의 안 보이니까.

물론 금발은 눈에 띄지만, 그걸 모아서 묶은 덕분에 평소 레이와는 인상이 완전히 달라졌다.

이 가면을 벗지 않는 한 그녀가 밀스타의 레이라는 게 들킬 가능성은…… 낮을 것 같다.

착각일지도 모르고.

"불꽃축제에는 노점도 많아. 가면도 팔지. 그러니 내 가면도 이상하지 않을 거야."

"아니, 뭐…….”

으음, 그런가? 그런 건가.

뭐, 됐다. 안 들킬 것 같으니까.

"그보다 유카타 갖고 있었구나.”

"아니, 이건 대여했어. 하지만 린타로가 마음에 든다면 그대로 살 생각.”

"어울린다고는 생각하지만 가면 때문에 솔직히 아무 말도 못 하겠다.”

"아쉬워라. 그럼 돌아간 뒤에 판단해줄래?”

"어쩔 수 없지, 그때는 솔직한 감상을 말하마.”

둘 다 아무 말도 없었지만 우리는 자연스럽게 회장으로 걸어갔다.

회장에 가까워질수록 인파가 점점 늘어났다.

이윽고 주변이 사람으로 가득해지면서 시야가 좁아졌다.

"이거 놓치면 큰일이겠네…….”

"손잡을래?”

"그러니까 너…… 조금 더 연예인이라는 자각을──.”

"이 가면이 있으면 절대 안 들킬 거야.”

"…….”

그건, 그렇지.

큰일이네. 도망칠 수 없어.

내 입으로 놓치면 큰일이란 말을 해놓고 아무런 행동도 하지 않는 건 역시 너무 비호감이려나.

"……그럼, 네가 싫지 않다면…… 자.”

"응."

내가 내민 손을 레이가 잡았다.

그녀의 조금 높은 체온이 손에서 전해지자 신기하게도 심장이 뛰었다.

이렇게 되면 내 체취나 손에서 나는 땀 등 신경 쓰이는 점이 산더미처럼 나온다.

"신경 쓰이면 미안."

"뭐, 뭐가?"

"더우니까, 손에서 땀이 엄청날지도 몰라."

레이는 조금 부끄러운 듯 뺨을 붉히고 있다.

그 모습을 보고 나는 무심코 웃음을 터트렸다.

"뭐 이상해?"

"큽, 아니. 나도 비슷한 생각을 하던 중이라 나도 모르게."

"그랬구나. 그럼 지금 나와 린타로의 땀이 한데 뒤엉키고 있다는 거야?"

"아이돌이 그런 추잡한 말을 하는 거 아닙니다."

여전히 레이의 생각은 조금 특이하지만, 이 자리에서는 다행이었다.

괜히 긴장했던 부분이 풀어지면서 서서히 평소의 나로 돌아왔다.

그나저나 사람이 어마어마하다. 흉악하다.

"냉정해지고 나니까 좀, 이거 우리 불꽃 볼 수 있어?"

"잠깐 조사해봤는데 장소를 안 따지면 괜찮아. 하지만 가능하면 강가에 가고 싶어."

"뭐, 그야 그렇겠지."

이 불꽃축제의 불꽃은 강변에서 쏘아 올린다.

우리가 있는 장소는 그 반대쪽 기슭 주변이며, 당연히 강에 가까울수록 엄폐물에 가로막히는 일 없이 불꽃놀이를 즐길 수 있다.

"열정적으로 보고 싶어 하는 사람들은 장소 선점 같은 걸 했겠지……."

"린타로는 불꽃놀이 제대로 보고 싶었어?"

"기왕 왔으니까. 그러는 너는 어떤데. 굳이 같이 오자고 했을 정도니 불꽃놀이 보고 싶었던 거지?"

"보고 싶었어. 하지만 린타로와 추억이 생기면 그걸로 충분해."

"으……."

"바다도 즐거웠지만 둘만 있는 건 아니었으니까."

아무렇지도 않게 말하는 레이를 앞에 두고 나는 말문이 막혀버렸다.

어째서 이 녀석은 그런 민망해지는 소릴 쉽게 말할 수 있는 거지.

누구보다도 순수하고, 깨끗하다.

그렇기에 아이돌로서 무대에 섰을 때 가장 빛나 보이는 건지도 모른다.

"하지만 이러면 정말로 못 볼지도 모르겠네."

"……그러게."

인파는 계속해서 늘어나는 중이라 우리는 깔끔하게 파묻히고 말았다.

여기서 봐도 아마 불꽃 끄트머리밖에 안 보이겠지.

그리고 비극은 꼭 이럴 때 겹쳐진다.

"앗……!"

갑자기 레이의 몸이 휘청거리는 바람에 나는 부리나케 부축했다. 어딘가에 발이 걸린 것 같은데――.

"괜찮아?"

"응, 조금 발을 밟힌 것뿐…… 아야."

"야!"

걸으려는 레이의 얼굴이 통증으로 일그러졌다.

"다리라도 삔 거 아니야?"

"조금 삐었지만…… 괜찮아, 다쳤다고 할 정도는 아니야. 걸을 수 있어."

"그럼 다행이지만……."

난감해졌다.

큰 사고는 아니었다고 하지만 만약 다리의 상태가 악화된다면 한동안 아이돌 활동에도 지장이 생긴다.

내가 붙어 있는 이상 그렇게 둘 수는 없다.

"……레이."

"왜?"

"나와 같이 불꽃을 볼 수 있다면 그걸로 충분한 거지?"

"응."

"그럼 얌전히 날 따라와 줘."

어리둥절한 레이의 손을 잡고 불꽃 축제 회장으로 이어지는 인파에서 이탈했다.

아직 불꽃을 쏘지 않았으니 돌아가려는 사람은 별로 없다.

한산한 길로 되돌아온 우리는 그대로 맨션 근처 역으로 돌아왔다.

그리고는 가까이 있는 공원에 들러 벤치에 레이를 앉혔다.

"대충 10분 안에 돌아올게. 그때까지 일단 여기서 발을 식혀. ……아, 가면은 내가 돌아올 때까지 벗지 마. 만에 하나가 있으니까."

"응…… 알았어."

사태를 파악하지 못한 레이에게 자판기에서 산 물을 건넨 뒤 나는 일단 공원에서 나왔다.

그리고 근처 홈센터에서 어떠한 물건을 구매한 나는 서둘러 레이에게 돌아왔다.

"미안해, 기다렸지?"

"기다리는 건 괜찮아. 홈센터 쪽으로 달려가는 것까지는 보였는데, 뭐 샀어?"

"아, 이거야."

나는 양손에 든 봉투에서 **가정용 불꽃놀이 세트**를 꺼냈다.

"불꽃……!"

"초대형 불꽃은 보지 못하지만, 이것도 일단은 불꽃놀이니까. 규모는 확 작아졌지만 둘이서 즐길 수 있다는 건 맞지?"

"……응, 오히려 처음 것보다 이게 더 좋아."

나는 공원에 설치된 수도로 가서 근처에 있던 플라스틱 양동이를 들었다.

전에 이 공원 앞을 지나갈 때 대학생 정도 되는 남녀가 여기서 우리처럼 불꽃놀이를 즐기는 모습을 봤었다.

그 사람들이 그때 불을 끄려고 사용했던 양동이가 이것.

아무래도 그들의 물건은 아니었던 건지, 어딘가의 누군가가 두고 간 게 계속 그대로 방치되어있는 모양이었다.

그렇다고 마음대로 써도 된다는 건 아니지만, 뭐 잠깐뿐이라면 괜찮겠지.

"그럼 두 사람만의 불꽃놀이를 해보실까."

"……응!"

레이와 함께 패키지를 열고 같이 구매한 라이터로 불을 붙였다.

색색으로 빛나는 불꽃들이 밤의 공원을 비추기 시작했다.

예쁘기는 하지만, 이건 결코 특별한 광경이 아니다.

이렇게 불꽃놀이 세트만 사면 언제든 볼 수 있다.

하지만 레이가 있으면 이런 흔해 빠진 광경도 '특별'한 광경으로 변한다.

"……."

"왜 그래?"

"어? 아, 아니…… 아무것도 아니야."

이런, 위험해라.

불꽃을 더 잘 보려고 가면을 벗은 레이의 얼굴이 너무 아름다워서.

색색의 빛을 받은 그녀는 마치 무대 위에 있을 때 같았다.

이전에 갔던 라이브를 떠올리고 쑥스러워진 나는 시선을 불꽃으로 되돌렸다.

그 후로 잠시 침묵의 시간이 흘렀다.

"네, 네가 유명인이 아니라면 그런 가면을 쓸 필요 없이 외출할 수 있었을 텐데."

민망함을 숨기기 위해 뱉은 말은 너무나도 눈치 없는 발언이었다.

맨얼굴로 일상생활을 보낼 수 없다.

그걸 가장 신경 쓰는 건 레이일 텐데.

"……내가 아이돌이 아니었다면."

당황하는 내 앞에서 레이가 입을 열었다.

"내가 아이돌이 아니었다면 린타로는 이렇게 나와 같이 있어 줬어?"

레이는 벗고 있던 여우 가면으로 시선을 떨어트렸다.

사람들의 이목을 계속 의식하는 생활에서 받는 스트레스는 아마 나같은 일반인은 평생 이해할 수 없다.

이해해줄 수가 없다.

여기서 내가 레이에게 할 수 있는 말은———.

"……네가 아이돌이 아니었다면 분명 나는 여기엔 없었겠지."

만약 레이가 아이돌이 아니었다면 우리는 교실에서 평범하게 대화하고, 가끔 돌아가는 길이 겹치거나 학교 행사를 즐기며 같은 반 학생으로서 양호한 관계를 구축했을 것이다.

하지만 분명 나는 그녀에게 평생 마음을 열지 않았겠지.

그때 배고파서 쓰러질 뻔한 레이를 구하지 않았다면.

집에 데려와서 요리를 먹이지 않았다면.

우리의 관계는 수많은 우연 위에서 성립되었다.

"······그렇구나. 그럼, 다행이야."

레이는 진심으로 안심한 듯 작게 웃었다.

앞으로도, 먼 미래에도 내가 해야 할 일은 알고 있다.

레이의 버팀목이 되어주면서 지금 가는 길을 후회하지 않게 만드는 것.

어떠한 결과가 기다리고 있다고 해도 끝까지 달리게 하는 것이다.

"뭔가 센티해졌네. 이미 이런 분위기가 되었으니 선향불꽃이라도 할까?"

"응, 기왕 선향불꽃을 한다면 승부하고 싶어."

"누가 먼저 떨어트리냐?"

"응. 서로 뭔가를 걸고 진지하게."

지난번에 바다에서도 생각한 거지만, 이 녀석들 의외로 뭔가를 걸고 싸우는 걸 좋아한단 말이지······.

"린타로가 지면 어떻게 할래?"

"글쎄······. 그럼, 이번 일을 갚는 셈 치고 야키소바나 타코야키처럼 노점에서 먹을 수 있는 거 만들어줄게. 어차피 먹고 싶었지?"

"응."

"솔직해서 참 좋아요. 그럼 네가 지면 어떻게 할래?"

"······다음 이벤트 때 입는 이상을 린타로에게만 먼저 보여줄게."

"너 매번 자신만만하게 보여주잖아."

"우······. 그럼 또 목욕하면서 등 밀어주기······?"

"윽."

살며시 올려다보며 묻는 말에 내 심장이 관통당했다.

이건 좀처럼 거절하기 힘들다.

아이돌이 등을 밀어준다는 시추에이션── 누가 생각해도 꿈만 같은 제안이라는 건 틀림없다.

여기서 그건 상이 되지 않는다고 하면 레이가 상처받을 가능성도······.

"알았어, 그걸로 가자."

"응, 그럼 한판 승부."

나와 레이는 각자 선향불꽃을 하나씩 들고 불을 붙였다.

끄트머리에 붙은 불씨가 조금씩 밝아지더니 이윽고 예쁜 꽃을 피웠다.

자 그럼, 여기서 내가 할 수 있는 선택지는 딱 하나뿐.

아무리 그래도 두 번째 목욕 이벤트는 내 심장이 못 버틴다.

나는 이기는 걸 포기하고 선향불꽃을 조금 흔들었다.

그러자 불꽃이 잦아들기 시작하던 끄트머리의 불씨가 바닥으로 똑 떨어졌다.

──두 개 동시에.

""어?""

우리의 목소리가 겹쳐졌다.

각자 발치를 보고 동시에 불씨가 떨어졌다는 걸 확인한 뒤 우리는 서로의 얼굴을 쳐다보며 웃었다.

뭐야, 똑같은 생각하고 있었냐.

"무승부네."

"그러게. 이거 어떻게 한다?"

"둘 다 한다는 건?"

"기각. 둘 다 안 하는 걸로."

"끄응……."

불만인 듯한 레이를 두고 나는 자리에서 일어나 기지개를 켰다.

불꽃은 아직 남아있지만, 실컷 논 느낌이었다.

여기서 돌아가는 게 제일 기분 좋을 것 같다.

"돌아가자. 오늘 저녁은, 음…… 야키소바라도 만들까!"

"아, 치사해. 처음부터 만들 예정이었어?"

"글쎄. 안 내키면 다른 메뉴로 바꾸고."

"아니, 오히려 야키소바 먹고 싶어."

"좋아, 그걸로 가자."

정리를 마친 뒤 우리는 집으로 돌아가기 위해 걷기 시작했다.

우리를 기다리는 미래는 분명 간단하지 않은 일투성이겠지.

터졌다 사라지는 불꽃처럼 빛날 수 있는 시간은 짧을지도 모른다.

아마 레이는 그것이 아이돌의 인생이라고 생각하는 것 같다.

가끔 그게 안타깝다고 느끼지만, 그래도 그게 좋은 거다.

눅눅해져서 쏘아 올리지도 못했던 불꽃보다도, 짧게나마 화려하게 타오른 쪽이 틀림없이 후회하지 않을 테니까──.

후기

1권에 이어서 이 시리즈를 읽어주셔서 진심으로 감사합니다.

작가인 키시모토 카즈하입니다.

린타로와 밀피유 스타즈의 만남 이야기이기도 한 1권에 이어 2권은 그렇게 싹튼 유대가 한층 깊어지는 이야기였습니다.

1권 시점에서는 그녀들에게 아직 약간 거리를 두고 있던 린타로의 심경에도 변화가 찾아와 앞으로 나올 전개에도 큰 영향을 주는 내용이 되었습니다.

그리고 제가 너무나도 좋아하는 수영복 턴이기도 한 2권.

1권 때부터 저는 어떠한 형태로든 반드시 이 이벤트를 쓰겠다고 정해놨었습니다.

하지만 평범한 수영복 이벤트만이 아니라 숙박 요소까지 집어넣은 건 제 생각에도 욕심을 부렸다고 조금 반성하고 있습니다.

후회는 안 하지만요…….

짧게 줄이게 되었지만, 이번에도 제작에 관여해주신 여러분, 그리고 1권에 이어 구매해주신 여러분, 정말로 감사합니다.

다음 권에서 또 여러분과 만날 수 있기를 기도하며————.

ISSHOHATARAKITAKUNAIOREGA,KURASUMEITONODAININKIAIDORUN
INATSUKARETARA Vol.2

©2022 kazuha kishimoto
First published in Japan in 2022 by OVERLAP, Inc.
Korean translation rights reserved by Somy Media, Inc.
Under the license from OVERLAP, Inc., Tokyo JAPAN

평생 일하고 싶지 않은 내가, 같은 반 인기 아이돌의 눈에 들면 2

2023년 11월 15일 1판 2쇄 발행

저   자 키시모토 카즈하
일 러 스 트 미와베 사쿠라
옮 긴 이 현노을
발 행 인 유재옥
사 내 이 사 조병권
본 부 장 박광운
담 당 편 집 정영길
편 집 1 팀 박광운
편 집 2 팀 정영길 조찬희 박치우 정지원
편 집 3 팀 오준영 이해빈 이소의
미   술 김보라 박민솔
라 이 츠 담 당 김정미 맹미영 이윤서
디 지 털 박상섭 김지연 윤희진
발 행 처 ㈜소미미디어
인 쇄 제 작 처 코리아피앤피
등   록 제2015-000008호
주   소 서울 마포구 토정로 222, 403호(신수동, 한국출판콘텐츠센터)
판   매 ㈜소미미디어
마 케 팅 최원석 최정연 박수진 박소연
물   류 허석용
전   화 편집부 (070)4164-3962, 3963 기획실 (02)567-3388
                       판매 및 마케팅 (070)4165-6888, Fax (02)322-7665

ISBN 979-11-384-1751-8 04830
ISBN 979-11-384-1683-2 (세트)